गलत समय

सलोनी

Made with ♥ on the Notion Press Platform
www.notionpress.com

उन लोगों के लिए

जो सही थे,

पर सही समय पर नहीं थे।

और उन दिलों के नाम

जिन्होंने देर से समझा

पर खुद को खोने से पहले रुक गए।

क्रम-सूची

क्रम-सूची

प्रस्तावना

लिखना हमेशा से एक चुनाव नहीं होता, कभी-कभी यह एक मजबूरी बन जाता है तब, जब आपके आसपास के माहौल में बातें अधूरी छूटने लगें और सवाल-जवाब की जगह सिर्फ "छोड़ो" या "बाद में" जैसे शब्द ले लें।

यह कहानी किसी बड़े ड्रामे या काल्पनिक रोमांच की ज़मीन पर नहीं खड़ी है। यह हमारे और आपके रोज़मर्रा के जीवन के उस हिस्से से उपजी है जिसे हम अक्सर 'लास्ट सीन' की बेचैनी या किसी के जवाब की ताक में तकिए के पास रखे फोन के सन्नाटे में महसूस करते हैं।

"गलत समय" सिर्फ दो किरदारों -मीरा और आरव, की कहानी नहीं है। यह उस आधुनिक दौर का आईना है जहाँ हम इंसानों से घिरे होने के बावजूद एक अजनबी की आवाज़ में राहत ढूँढते हैं।

यह प्रस्तावना इस किताब को पढ़ने वाले हर उस शख्स के लिए एक आमंत्रण है, जिसने कभी न कभी किसी को खोने के डर से खुद को बहुत सस्ता समझ लिया था और फिर एक दिन, सब कुछ दांव पर लगाकर अपने आत्मसम्मान को चुनना सीखा।

भूमिका

समय की दहलीज़ पर खड़ा प्रेम

हम एक ऐसे दौर में जी रहे हैं जहाँ रिश्तों की शुरुआत स्क्रीन की गुदगुदी से होती है और अंत किसी एक तस्वीर या अनकहे सच के साथ शांत बैठ जाता है। भूमिका के तौर पर, इस उपन्यास की नींव इस बात पर टिकी है कि प्रेम कभी गलत नहीं होता, गलत होता है उसका वक़्त।

इस कहानी के माध्यम से हम मीरा के अंतर्मुखी स्वभाव की गहराई और शब्दों के सहारे खुद को समेटने की उसकी कला को देखेंगे।

वहीं दूसरी तरफ, हम आरव के उस 'हल्केपन' (casual nature) से रूबरू होंगे, जो आज की पीढ़ी का एक बड़ा सच बन चुका है-जहाँ गंभीरता से भागना ही खुद को सुरक्षित रखने का जरिया मान लिया जाता है। यह भूमिका पाठकों को सचेत करती है कि यह कहानी आपको मुस्कुराना ज़रूर सिखाएगी, पर उसके ठीक नीचे छुपा हुआ खालीपन आपको सोचने पर मजबूर कर देगा कि क्या आप भी किसी ऐसे रिश्ते को थामे हुए हैं जिसका कोई नाम नहीं है?

पावती (स्वीकृति)

"उन अदृश्य धागों के नाम..."

इस किताब का वजूद उन तमाम अधूरी रातों, अनकहे वॉइस नोट्स और खाली छोड़ दिए गए पन्नों का कर्जदार है, जिन्होंने शब्दों को शोर से परे शांत होना सिखाया।

शुक्रिया उन तमाम दोस्तों और पाठकों का, जिन्होंने मेरी लिखी छोटी-छोटी पंक्तियों में अपने छुपे हुए दर्द को पहचाना और मुझे यह यकीन दिलाया कि जज़्बात कभी अकेले नहीं होते। शुक्रिया इस सफर में शामिल हर उस इंसान का, जिसने अनजाने में ही सही, समय की कीमत और आत्मसम्मान की अहमियत को मेरे शब्दों में ढाला।

और सबसे गहरा आभार उस 'गलत समय' का, जिसने बेशक कुछ रास्ते बदल दिए, लेकिन खुद से मिलने का जरिया बन गया।

आमुख

मिले जो लोग वो बेशक सही थे, पर समय ठहरा नहीं था,
वहाँ चुप्पी बहुत थी, और कोई सवाल गहरा नहीं था।
यह कहानी गवाह है कि प्रेम से बढ़कर भी इक ज़मीं है,
आत्मसम्मान को खोकर तो कोई भी ताल्लुक सुनहरा नहीं था।
- सलोनी

1

लिखने वाली लड़की

मीरा को लिखना कभी सिखाया नहीं गया था। उसने लिखना तब शुरू किया, जब बोलना मुश्किल लगने लगा। उसके घर में बातें अक्सर अधूरी रह जाती थीं। सवाल पूछे नहीं जाते थे और जवाब दिए नहीं जाते थे। "अभी नहीं", "बाद में", और "छोड़ो" जैसे शब्द रोज़मर्रा की बातचीत का हिस्सा थे। शायद इसी वजह से मीरा ने बहुत छोटी उम्र में यह समझ लिया था कि कुछ बातें अगर मन में ही रह जाएँ, तो भीतर शोर बन जाती हैं।

उसे लोगों की कही हुई बातों से ज़्यादा उनकी चुप्पी समझ आती थी। पिता जब बिना कुछ कहे कमरे से बाहर निकल जाते, या माँ थाली रखते समय ज़रा ज़ोर से प्लेट रख देती, तो मीरा जान जाती थी कि घर में कुछ ठीक नहीं है। उसने कभी सीधे सवाल नहीं किए, बस मन ही मन जवाब ढूँढती रही। अधूरी बातों को पूरा करने की यह आदत उसके साथ बड़ी होती चली गई।

कॉलेज के दिनों में भी मीरा बहुत घुली-मिली नहीं रही। दोस्त थे, बातचीत थी, हँसी थी, लेकिन गहरा जुड़ाव नहीं था। उसे डर लगता था कि अगर वह किसी से सच में जुड़ गई, तो शायद एक दिन खुद को फिर से समेटना पड़ेगा। एक रिश्ता उसके जीवन में पहले भी आया था , बहुत शांत, बहुत अपना-सा और उसी शांति में एक दिन टूट भी गया था। उस रिश्ते ने मीरा को यह सिखाया था कि हर पास बैठा इंसान साथ चलने के

लिए नहीं होता।

उसके बाद मीरा ने खुद से वादा किया था कि वह किसी से ज़्यादा उम्मीद नहीं करेगी। लेकिन उम्मीद कोई ऐसा बटन नहीं होती, जिसे ज़रूरत पड़ने पर बंद कर दिया जाए। वह धीरे-धीरे, बिना पूछे, दिल में जगह बना ही लेती है।

मीरा अब एक कंटेंट राइटर थी। दिन भर शब्दों के साथ काम करती और रात को उन्हीं शब्दों के सहारे खुद को समझने की कोशिश करती। सोशल मीडिया पर लिखना उसके लिए दिखावे का ज़रिया नहीं था, बल्कि खुद से जुड़े रहने का एक तरीका था। वह छोटी-छोटी पंक्तियाँ लिखती थी, जिनमें लोग अक्सर अपना दर्द पहचान लेते थे। कमेंट्स लंबे होते जाते, लोग कहते कि उन्होंने वही महसूस किया है जो मीरा ने लिखा है। मीरा हर कमेंट पढ़ती थी, लेकिन जवाब कम ही देती थी। उसे अच्छा लगता था कि लोग उसके शब्दों में खुद को ढूँढ लेते हैं।

उस रात भी कुछ खास नहीं था। दिन भर की थकान, हल्का सा सिरदर्द और दिमाग में वही रोज़ का शोर। बिना ज़्यादा सोचे, मीरा ने एक पंक्ति लिख दी "कुछ रिश्ते पूरे होकर भी अधूरे रह जाते हैं।" उसने न कैप्शन सुधारा, न हैशटैग्स पर सोचा। फोन रख दिया और सोने की कोशिश करने लगी।

करीब बीस मिनट बाद फोन वाइब्रेट हुआ। मीरा ने देखा तो एक डायरेक्ट मैसेज था-"ये लाइन तुमने लिखी है?" ऐसे मैसेज उसे अक्सर आते थे, इसलिए उसने पहले ध्यान नहीं दिया। फिर उसने नाम देखा-आरव। प्रोफाइल खोली तो एक बिल्कुल सामान्य सा लड़का दिखा। ऑफिस की तस्वीरें, कॉफी के कप, लैपटॉप के सामने बैठी हुई एक-दो तस्वीरें। न कोई दिखावा, न कोई ओवर-स्मार्ट परिचय।

मीरा ने थोड़ी देर सोचा और फिर बस "हाँ" लिखकर भेज दिया। कुछ ही सेकंड में जवाब आया-"अजीब है... ऐसा लगा जैसे ये लाइन मेरी है।" मीरा मुस्कुरा दी। उसने लिखा, "शायद इसलिए क्योंकि कुछ बातें सबकी होती हैं।" उस रात ज़्यादा बातचीत नहीं हुई। दो-तीन मैसेज, हल्की सी बातचीत और फिर एक साधारण सा "गुड नाइट"।

फोन रखते समय मीरा को ऐसा नहीं लगा कि कुछ शुरू हुआ है। लेकिन उसे यह ज़रूर महसूस हुआ कि दिन का अंत आज कुछ हल्का था। अगली सुबह वह बार-बार फोन देखने लगी, खुद पर ही हँसते हुए कि वह किस बात की उम्मीद कर रही है। थोड़ी देर बाद एक नोटिफिकेशन आया-"गुड मॉर्निंग। कल की लाइन अब भी दिमाग में घूम रही है।" इस बार मीरा ने देर नहीं की। उसने जवाब दिया, और वहीं से कुछ बदलने लगा।

मीरा को तब यह एहसास नहीं था कि यह किसी प्रेम कहानी की शुरुआत नहीं है। यह एक इंतज़ार की कहानी है-जहाँ लोग एक-दूसरे को छोड़ते नहीं, बस रुक नहीं पाते। जहाँ सबसे ज़्यादा इस्तेमाल होने वाला वाक्य "मैं बिज़ी हूँ" होता है, और सबसे भारी चीज़ "लास्ट सीन" बन जाती है। उस दिन मीरा ने अपनी डायरी में लिखा-"आज एक अजनबी से बात हुई। कुछ खास नहीं लगा, पर मन शांत है।" उसने कलम बंद कर दी, यह जाने बिना कि कुछ बातें लिखते वक़्त इंसान खुद से भी झूठ बोल देता है।

2

2:17 A.M.

रात के दो बजकर सत्रह मिनट पर ज़्यादातर लोग सो रहे होते हैं। कुछ लोग करवटें बदल रहे होते हैं और कुछ अपने दिन को कोसते हुए नींद से लड़ रहे होते हैं। आरव तीसरे तरह का इंसान था। वह उन लोगों में से था जिन्हें नींद आने से पहले दिमाग को थकाना पड़ता है, वरना विचार एक-एक करके सिर के अंदर इकट्ठा होने लगते हैं।

उस दिन भी वह देर तक लैपटॉप के सामने बैठा रहा। स्क्रीन बंद थी, पर दिमाग चालू। स्टार्टअप की मीटिंग, अधूरे टारगेट, मैनेजर की आवाज़ और पिता की उम्मीदें-सब एक साथ चल रहे थे। उसे याद भी नहीं था कि आख़िरी बार उसने बिना कुछ सोचे कब चैन की नींद ली थी।

फोन पास ही रखा था। आदतन उसने स्क्रीन देखी। मीरा का नाम ऊपर था। सुबह की बातचीत के बाद से कुछ नहीं लिखा था, लेकिन उसकी लिखी हुई लाइन बार-बार उसके दिमाग में लौट आ रही थी। उसे हैरानी हो रही थी कि एक अजनबी की लिखी हुई बात इतनी अपनी कैसे लग सकती है।

2:17 A.M. पर उसने खुद को रोकना छोड़ दिया।

उसने लिखा-"अब भी जाग रही हो?"

मैसेज भेजते ही उसे थोड़ा अजीब लगा। इतनी रात को किसी से बात शुरू करना एक तरह की नज़दीकी होती है, जिसे वह आमतौर पर टालता रहा था। पर इस बार उसने फोन नीचे नहीं रखा।

मीरा जाग रही थी। नींद उसके लिए भी आसान नहीं थी। दिन भर लोगों के लिए लिखने के बाद, रात को खुद के लिए चुप रहना उसे मुश्किल लगता था। आरव का मैसेज देखते ही उसने सोचा कि जवाब देने में देर नहीं करनी चाहिए, जैसे देर करने से बात का मतलब बदल जाएगा।

"हाँ, नींद नहीं आ रही," उसने लिखा।

बस इतना लिखना काफी था। इसके बाद बातचीत अपने आप बहने लगी। आरव ने बताया कि उसे रातें हमेशा लंबी लगती हैं। मीरा ने लिखा कि उसे रातें सुरक्षित लगती हैं, जैसे दुनिया सो जाती है और सवाल भी थोड़ी देर के लिए चुप हो जाते हैं। दोनों पहली बार किसी अजनबी से बिना झिझक अपनी-अपनी थकान साझा कर रहे थे।

आरव ने उससे पूछा कि वह इतनी सटीक बातें कैसे लिख लेती है। मीरा ने जवाब दिया कि वह बस वही लिखती है जो वह महसूस करती है। इस पर आरव ने कुछ देर तक कोई जवाब नहीं दिया। मीरा ने सोचा कि शायद बात यहीं खत्म हो जाएगी, जैसे अक्सर होता है।

कुछ मिनट बाद आरव का मैसेज आया-"मैं महसूस करता हूँ, पर कह नहीं पाता।"

मीरा ने उस एक लाइन को कई बार पढ़ा। उसे लगा जैसे यह जवाब नहीं, एक स्वीकारोक्ति है। उसने बहुत संभलकर लिखा-"कई लोग ऐसे ही होते हैं।"

उस रात दोनों ने बहुत कुछ कहा और बहुत कुछ नहीं भी कहा। आरव ने अपने काम का ज़िक्र किया, लेकिन कभी पूरा नहीं बताया। मीरा ने अपने लिखने की बात की, पर अपने डर नहीं खोले। दोनों एक-दूसरे के पास नहीं आए, पर दूरी भी नहीं रखी।

जब घड़ी तीन के पास पहुँची, तो मीरा को एहसास हुआ कि वह थकी नहीं है। आरव को भी यह महसूस हुआ कि उसके सिर का शोर थोड़ा कम हो गया है। बात खत्म करते समय किसी ने "कल बात करेंगे" नहीं लिखा। बस एक सादा सा - "सो जाओ, देर हो गई है।"

फोन रखते समय मीरा के चेहरे पर हल्की सी मुस्कान थी। यह खुशी नहीं थी, राहत थी। किसी ने बिना सलाह दिए, बिना सवाल किए, उसकी

बात सुन ली थी। आरव भी फोन स्क्रीन को कुछ देर देखता रहा। उसे लगा जैसे लंबे समय बाद किसी ने उससे कुछ माँगा नहीं था।

अगले कुछ दिनों तक रात के दो बजे एक आदत बन गए। कभी 2:05, कभी 2:30, लेकिन रात वही रहती। दिन में दोनों अपनी-अपनी ज़िंदगी में व्यस्त रहते, पर रात को जैसे एक ही समय पर रुक जाते। यह कोई वादा नहीं था, फिर भी दोनों समय का ध्यान रखने लगे थे।

मीरा को अब यह समझ आने लगा था कि कुछ रिश्ते दिन में नहीं, रात में पलते हैं। और आरव यह महसूस करने लगा था कि वह उन बातों को मीरा से कह पा रहा है, जिन्हें उसने कभी अपने दोस्तों से भी नहीं कहा था। फिर भी, दोनों ने इसे नाम नहीं दिया।

उन्हें नहीं पता था कि यह आदत आगे चलकर ज़रूरत बन जाएगी। और ज़रूरत, जब पूरी न हो, तो सबसे ज़्यादा तकलीफ़ देती है।

3

आवाज़

मीरा को याद नहीं था कि आख़िरी बार उसने किसी की आवाज़ इतनी ध्यान से कब सुनी थी। आमतौर पर लोग बोलते हैं और वह सुन लेती है, लेकिन आरव की आवाज़ सुनते वक़्त उसे लगा जैसे शब्दों से पहले खामोशी बोल रही हो। उस रात आरव ने अचानक लिखा था-"वॉइस नोट भेजूँ?" सवाल छोटा था, लेकिन उसके पीछे एक झिझक छुपी हुई थी।

मीरा ने कुछ सेकंड तक फोन देखा। जवाब लिखना आसान था, पर उसके मायने भारी थे। उसने "हाँ" लिखा, और फोन को सीधा पकड़ लिया, जैसे आवाज़ हाथ से गिर न जाए।

वॉइस नोट आया तो वह तुरंत नहीं चलाया। उसने एक गहरी साँस ली। अजीब था - एक अजनबी की आवाज़ से पहले दिल ऐसे धड़क रहा था जैसे कोई जाना-पहचाना दरवाज़ा खुलने वाला हो। जब उसने प्ले दबाया, तो आरव की आवाज़ आई - थोड़ी धीमी, थोड़ी थकी हुई, और बिल्कुल बिना बनावट के।

"पता नहीं क्यों... लिखना आसान लगता है, बोलना नहीं।"

मीरा को लगा जैसे वह वाक्य उसके लिए नहीं, उसके अंदर कहा गया हो। आवाज़ में न confidence था, न drama। बस एक सच्चाई थी, जो शायद पहली बार किसी के मुँह से बाहर आई थी।

"कुछ आवाज़ें
कानों तक नहीं जातीं,

सीधे भीतर उतर जाती हैं।"

उस रात मीरा ने पहली बार अपनी आवाज़ रिकॉर्ड की। बोलते वक़्त वह अटक गई, फिर हँस दी। उसे अच्छा नहीं लगा कि उसकी हँसी रिकॉर्ड हो गई है, लेकिन उसने वॉइस नोट delete नहीं किया। उसने भेज दिया।

आरव ने उसे तीन बार सुना। उसने जवाब में कुछ लिखा नहीं, बस एक छोटा सा वॉइस नोट भेजा-"तुम्हारी आवाज़... ठीक लगती है।" 'अच्छी' नहीं लिखा, 'खूबसूरत' नहीं लिखा। बस 'ठीक'। और वही शब्द मीरा को देर तक सोचने पर मजबूर करता रहा।

इसके बाद वॉइस नोट्स आदत बन गए। कभी लंबा, कभी बस एक लाइन का। दिन में नहीं, सिर्फ़ रात में। जैसे दोनों ने अनकहा तय कर लिया हो कि यह दुनिया सोने के बाद की चीज़ है। दिन में वे सामान्य लोग थे - काम, कॉल्स, ज़िम्मेदारियाँ। रात में वे बस खुद थे।

मीरा को अब यह साफ़ महसूस होने लगा था कि वह आरव की आवाज़ का इंतज़ार करने लगी है। वह खुद को समझाती कि यह सिर्फ़ बात करने का तरीका है, लेकिन दिल बहस नहीं करता था। हर बार जब आरव देर से जवाब देता, मीरा खुद को यह याद दिलाती कि वह उसका कुछ नहीं है। और यही बात सबसे ज़्यादा चुभती थी।

"जब कोई हमारा नहीं होता, तब भी उसका इंतज़ार पूरा होता है।"

आरव को भी यह एहसास होने लगा था कि वह मीरा से उन बातों पर बोल रहा है, जिनसे वह हमेशा भागता आया था। पर जैसे ही बात किसी 'कल' या 'मुलाक़ात' की ओर बढ़ती, वह पीछे हट जाता। उसे डर नहीं लगता था कि मीरा चली जाएगी; उसे डर लगता था कि अगर वह रुका, तो अपनी ज़िंदगी का कंट्रोल खो देगा।

एक रात मीरा ने उससे पूछा, "तुम कभी किसी से ऐसे जुड़े हो?" सवाल सीधा नहीं था, लेकिन मतलब साफ़ था। आरव ने जवाब देने में देर की। फिर उसने लिखा - "मैं चीज़ों को नाम देने में अच्छा नहीं हूँ।" मीरा ने कुछ नहीं कहा, पर उसे समझ आ गया कि यह जवाब नहीं, बचाव था।

उस रात बात जल्दी खत्म हो गई। मीरा ने फोन साइड में रख दिया, लेकिन नींद नहीं आई। पहली बार उसे यह महसूस हुआ कि आवाज़ें पास

ला सकती हैं, लेकिन जवाब न हों तो वही आवाज़ें दूरी भी बना देती हैं।

"कुछ लोग हमें सुन लेते हैं, पर कभी यह नहीं पूछते कि हम क्या बन रहे हैं।"

मीरा ने उस रात अपनी डायरी में लिखा - "आज लगा, मैं धीरे-धीरे किसी आदत में बदल रही हूँ।" उसने पेन बंद किया और खुद से झूठ बोला कि आदतें बदली जा सकती हैं।

उसे नहीं पता था कि आदतें तब सबसे ज़्यादा तकलीफ़ देती हैं, जब वे ज़रूरत बन जाती हैं।

4

कभी मिलते हैं

मीरा ने महसूस किया कि अब उसकी बातचीत सिर्फ़ दिल तक नहीं रुकती, शरीर तक उतरने लगी है। आरव के नाम की नोटिफिकेशन आते ही पेट में हल्की सी गुदगुदी होती थी ऐसी, जैसी किसी परीक्षा से पहले होती है। डर नहीं, उत्सुकता। बेचैनी नहीं, इंतज़ार।

दिन में आरव के मैसेज आने लगे थे। छोटे, साधारण, बिना किसी वजह के। कभी "आज कॉफी ज़्यादा कड़वी है", कभी "मेट्रो में भीड़ ज़्यादा है।" मीरा को समझ नहीं आता था कि इन बातों में उसे इतना अपनापन क्यों लगने लगा है।

एक शाम आरव ने लिखा, "अजीब है... हम इतने दिन से बात कर रहे हैं, पर कभी सामने बैठकर देखा नहीं।"

मीरा ने मैसेज पढ़ते ही फोन उल्टा कर दिया। दिल की धड़कन थोड़ी तेज़ हो गई थी। यह वही सवाल था, जिसे वह खुद से पूछती आई थी, लेकिन जवाब देने से बचती रही थी।

कुछ मिनट बाद उसने लिखा, "डर लगता है।"

सीधा, छोटा, सच्चा।

आरव का जवाब आया, "मुझे भी।"

और पहली बार मीरा को लगा कि डर भी बाँटा जा सकता है। कुछ रिश्ते उत्सुकता से नहीं, हिचकिचाहट से शुरू होते हैं।

मिलने की बात धीरे-धीरे तय होने लगी। जगह, समय, दिन - सब तय हुआ। मीरा ने फोन हाथ में पकड़ रखा था, लेकिन ध्यान कहीं और था। वह सोच रही थी कि सामने बैठकर आरव कैसा लगेगा। क्या वही शांति होगी? या बातें अचानक भारी हो जाएँगी?

उस रात मीरा देर तक जागी रही। उसने अलमारी खोली, फिर बंद कर दी। कपड़े चुनना असल में कपड़े चुनना नहीं था, यह उस मीरा को चुनना था, जो सामने जाएगी। वह बार-बार खुद से पूछती रही - "अगर सामने सब बदल गया तो?" ऑनलाइन रिश्तों में सबसे बड़ा डर सामने बैठने का होता है।

अगली सुबह मीरा जल्दी उठ गई। बिना वजह। उसने फोन देखा ,कोई मैसेज नहीं। दिल ने हल्का सा धक्का दिया, लेकिन दिमाग ने समझा दिया कि अभी सुबह है। उसने खुद को तैयार किया, जैसे किसी अनकहे पल के लिए।

दोपहर में आरव का मैसेज आया "आज ऑफिस थोड़ा उलझा हुआ है।"

मीरा ने "कोई बात नहीं" लिखा, पर उँगलियाँ काँप रही थीं। यह पहली बार था जब मिलने की खुशी के साथ डर भी बराबर चल रहा था।

शाम के करीब आरव ने लिखा—"आज नहीं हो पाएगा। सच में माफ़ करना।"

मीरा की साँस कुछ सेकंड के लिए रुक गई। यह झटका नहीं था, पर निराशा भी नहीं थी। यह कुछ बीच का था जैसे कोई उम्मीद दरवाज़े तक आकर वापस चली जाए।

उसने जवाब में सिर्फ़ "ठीक है" लिखा। पहली मुलाक़ात का डर कभी-कभी मुलाक़ात से पहले ही हार मान लेता है।

उस रात मीरा कैफ़े नहीं गई। वह घर की खिड़की के पास बैठी रही। बाहर बारिश हो रही थी। भीतर वही सवाल , क्या डर की वजह से चीज़ें टलती हैं, या टलने के बहाने डर बनते हैं?

आरव का वॉइस नोट आया। आवाज़ में अफ़सोस था, लेकिन उसके साथ वही पुरानी दूरी भी। मीरा ने सुना, पर जवाब नहीं दिया। पहली बार उसने महसूस किया कि butterflies सिर्फ़ खुशी की निशानी नहीं होतीं

- कभी-कभी वे चेतावनी भी होती हैं।

डायरी में उसने लिखा :

"आज हम नहीं मिले। शायद इसलिए नहीं कि हम मिल नहीं सकते, बल्कि इसलिए कि हम मिलकर बदल सकते थे।"

मीरा को यह नहीं पता था कि यह सिर्फ़ एक टली हुई मुलाक़ात नहीं है। यह उस कहानी की शुरुआत है, जहाँ हर पहली बार थोड़ा डर लेकर आता है, और हर डर कहानी को एक कदम आगे ले जाता है।

5

बिना नाम का रिश्ता

मुलाक़ात टल जाने के बाद भी बातचीत नहीं रुकी।

बल्कि अजीब तरह से, और सहज हो गई। जैसे दोनों ने अनकहे तौर पर तय कर लिया हो कि इस पर बात नहीं करनी है। मीरा को यह अजीब लगा, लेकिन राहत भी हुई। कुछ बातें अगर छेड़ी न जाएँ, तो खुद-ब-खुद हल्की हो जाती हैं या कम से कम ऐसा लगने लगता है।

आरव अब कभी-कभी बिना वजह हँसा देता था।

एक दिन उसने लिखा, "तुम्हें पता है, मैं जब घबरा जाता हूँ तो बेवजह फ्रिज खोल लेता हूँ।"

मीरा ने पूछा, "खाने के लिए?"

"नहीं," आरव ने लिखा, "बस देखने के लिए कि अंदर कुछ बदल तो नहीं गया।"

मीरा हँस पड़ी।

उसने सोचा, कितनी अजीब होती है इंसानों की बेचैनी - कभी दिल में, कभी फ्रिज में।

कुछ लोग हमें इसलिए अच्छे लगते हैं क्योंकि वे अपने अजीबपन को छुपाने की कोशिश नहीं करते।

कभी-कभी उनकी बातचीत बिल्कुल बचकानी हो जाती।

आरव मीरा से पूछता कि अगर वह एक दिन के लिए गायब हो जाए, तो मीरा क्या करेगी।

मीरा जवाब देती, “पहले गुस्सा करूँगी, फिर डरूँगी, फिर खुद को समझाऊँगी कि तुम ऐसे ही हो।”

आरव लिखता, “मतलब मुझे पहले से माफ़ कर दिया?”

मीरा जवाब देती, “नहीं, बस पहचान लिया।”

इन बातों में हँसी थी, लेकिन कहीं न कहीं एक सच्चाई भी।

दोनों एक-दूसरे को जानने लगे थे—बिना नाम दिए, बिना वादे किए।

कभी-कभी मीरा को यह सब बहुत हल्का लगता।

वह चाय बनाते हुए आरव को वॉइस नोट भेज देती—उबलती चाय की आवाज़ के साथ।

आरव जवाब में अपनी की-बोर्ड की आवाज़ भेजता।

दोनों हँसते कि यह कौन-सी बातचीत है, जिसमें शब्द कम और आवाज़ें ज़्यादा हैं।

“जब किसी के साथ चुप रहना आसान लगने लगे,

तब समझ लेना

रिश्ता बोलने से आगे बढ़ चुका है।” लेकिन इसी हल्केपन के बीच, कभी-कभी कुछ चुभ भी जाता।

एक रात मीरा ने यूँ ही पूछ लिया, “तुम्हें कभी लगता है कि हम कुछ ज़्यादा ही बात करने लगे हैं?” आरव ने तुरंत जवाब नहीं दिया। कुछ मिनट बाद लिखा, “मुझे लगता है हम बस ठीक-ठीक बात करते हैं।”

मीरा ने “हम्म” लिखा और फोन रख दिया।

उसे समझ नहीं आया कि उसे बुरा क्यों लगा। सवाल तो साधारण था, जवाब भी।

फिर भी मन थोड़ी देर के लिए भारी हो गया - जैसे किसी ने हँसते-हँसते अचानक आवाज़ धीमी कर दी हो।

उस रात उसने डायरी में लिखा :

“आज पहली बार लगा कि मैं किसी चीज़ को पकड़कर नहीं, बस थामकर चल रही हूँ।” और उसी पन्ने के नीचे, बहुत हल्के हाथ से उसने जोड़ा -

“डर इस बात का नहीं है कि छूट जाएगा, डर इस बात का है कि कहीं माँग न बैठूँ।”

मीरा को अब यह साफ़ दिखने लगा था कि यह रिश्ता उसे खुश भी करता है और सतर्क भी। हँसी दिलाता है, लेकिन भीतर कहीं एक कोना ऐसा भी छोड़ देता है, जो ज़्यादा देर तक खाली नहीं रहना चाहता। उसे नहीं पता था कि यही बिना नाम का रिश्ता आगे चलकर सबसे ज़्यादा सवाल पूछेगा। और कुछ सवाल ऐसे होते हैं, जिनके जवाब मिल जाएँ तो राहत मिलती है, और न मिलें...तो कहानी।

6

आदत

मीरा ने यह बात खुद से कभी साफ़ शब्दों में नहीं कही, लेकिन वह समझने लगी थी कि कुछ चीज़ें अब रोज़ की ज़रूरत बन चुकी हैं। जैसे रात को चाय बनाना, सोने से पहले खिड़की बंद करना, और फोन को तकिये के पास रखना। उसने खुद को कई बार समझाया कि यह सिर्फ़ सुविधा है, आदत नहीं। लेकिन आदतें हमेशा सुविधा के नाम पर ही शुरू होती हैं।

आरव का मैसेज अब तय समय पर आने लगा था। कभी-कभी मीरा घड़ी नहीं देखती थी, फिर भी जान जाती थी कि अब फोन vibrate होगा। जब होता, तो वह खुद पर हँसती ,"देखा, मैंने कहा था।" यह हँसी हल्की थी, लेकिन उसके नीचे कुछ और भी चल रहा था, जिसे वह छूना नहीं चाहती थी।

कुछ आदतें इतनी चुपचाप बनती हैं कि हमें पता ही नहीं चलता कब वे हमें देखने लगती हैं।

एक रात मीरा ने जान-बूझकर फोन दूसरी तरफ़ रख दिया। सोचा, आज नहीं देखेगी। आज देर से जवाब देगी। उसने खुद को बिज़ी रखने की कोशिश की किचन साफ़ किया, किताब खोली और पुराने गाने लगाए। लेकिन हर कुछ मिनट में उसका ध्यान वहीं लौट आता। जैसे दिमाग़ ने कोई और रास्ता मानने से इनकार कर दिया हो। उस रात आरव देर से ऑनलाइन आया। मीरा ने "last seen" देखा और खुद से कहा "कोई

बात नहीं।"

लेकिन "कोई बात नहीं" कहने के बाद भी उसके भीतर कुछ बैठा नहीं। वह बार-बार स्क्रीन देखती रही, बिना ये माने कि वह इंतज़ार कर रही है।"वह बेचैन नहीं थी, बस कहीं टिक नहीं पा रही थी।"

आख़िरकार मैसेज आया "Sorry, आज थोड़ा busy था।" बस इतना।

मीरा ने जवाब लिखा "समझ सकती हूँ।" उसने भेज भी दिया।

पर भेजने के बाद उसे समझ आया कि वह क्या नहीं समझ पा रही थी ...यह कि देर क्यों लगी, यह नहीं, बल्कि यह कि उसे फर्क क्यों पड़ा। उसने खुद को याद दिलाया कि आरव उसका कुछ नहीं है। ना कोई वादा, ना कोई हक़। फिर भी, उस रात नींद आने में देर लगी। आरव भी शांत नहीं था। उसने मीरा के "समझ सकती हूँ" को दो बार पढ़ा।

उसे लगा जैसे इस वाक्य के पीछे कुछ छुपा है, जिसे वह खोलना नहीं चाहता। उसने खुद से कहा कि सब ठीक है।

लेकिन उसने अगली रात समय पर मैसेज नहीं किया। दोनों अपनी-अपनी बेचैनी में चुप थे। मीरा ने डायरी खोली, पर लिखा नहीं। पहली बार शब्द साथ नहीं दे रहे थे। उसने पन्ना बंद किया और लाइट बुझा दी। कुछ रिश्ते सवालों से नहीं टूटते, वे जवाबों की देर से दरकने लगते हैं।

उस रात मीरा को एहसास हुआ कि यह अब सिर्फ़ बात करने का मामला नहीं रहा। यह उस खालीपन का मामला बनता जा रहा था, जो बात न होने पर पैदा होता है। और खालीपन तब सबसे ज़्यादा डरावना होता है, जब हम उसका नाम रखने से डरते हैं।

मीरा को नहीं पता था कि यह आदत आगे चलकर क्या बनेगी। पर उसे इतना ज़रूर समझ आ गया था , अगर कल सब पहले जैसा भी रहा, तो वह खुद पहले जैसी नहीं रहेगी।

7

दूरी

दूरी हमेशा अचानक नहीं आती। कई बार वह इतनी शालीन होती है कि उसका आना महसूस ही नहीं होता। वह न तो आवाज़ करती है, न दरवाज़े बंद करती है। वह बस धीरे-धीरे बैठ जाती है , हमारे और हमारे अपने एहसासों के बीच। मीरा को शुरू में कुछ अजीब नहीं लगा था। बातचीत तो चल रही थी। सुबह का “गुड मॉर्निंग” अब भी आता था और रात को “सो जाओ” भी लिखा जाता था। सब कुछ वैसा ही दिख रहा था, जैसा पहले था। कम से कम बाहर से।

लेकिन भीतर कुछ बदल गया था। पहले आरव लिखता था और रुकता था, जैसे शब्दों को सोच-समझकर चुन रहा हो। अब वह लिखता था और तुरंत निकल जाता था। वाक्य छोटे हो गए थे, और इमोजी ज़्यादा।

मीरा समझती थी कि जब शब्द कम हो जाते हैं, तो या तो दूरी बढ़ने लगती है या फिर कोई डर बीच में आ जाता है। उसने खुद को समझाया कि यह सब सामान्य है। काम बढ़ जाता है, ज़िंदगी व्यस्त हो जाती है, हर रिश्ता हर दिन गहराई नहीं माँगता।

फिर भी वह खुद को फोन बार-बार देखते हुए पकड़ लेती। कई बार कोई मैसेज नहीं होता, फिर भी स्क्रीन देखने का मन करता। एक शाम उसने तय किया कि आज वह पहले मैसेज नहीं करेगी। यह कोई नाराज़गी नहीं थी, बस खुद से किया गया एक छोटा सा प्रयोग था। उसने

फोन साइलेंट पर रख दिया, चाय बनाई, खिड़की खोली, लेकिन हर कुछ मिनट में उसकी नज़र उसी तरफ़ चली जाती, जैसे ध्यान किसी और जगह टिक ही नहीं पा रहा हो।

रात काफ़ी हो गई थी जब आखिरकार आरव का मैसेज आया "आज दिन अजीब था।" बस यही। पहले यह लाइन मीरा को सुकून देती थी, आज अधूरी लगी। उसने "सब ठीक?" लिखा। जवाब आने में समय लगा "हाँ, बस थक गया हूँ।" मीरा की उँगलियाँ कीबोर्ड पर ठहर गईं। वह बहुत कुछ पूछ सकती थी, बहुत कुछ कह सकती थी, लेकिन उसने कुछ नहीं किया। उसने सिर्फ़ "ठीक है" लिखा और फोन रख दिया। उसी पल उसे समझ आया कि दूरी जवाबों में नहीं होती, दूरी उन सवालों में होती है जो अब पूछे नहीं जाते।

उसी रात आरव भी पूरी तरह शांत नहीं था। मीरा का "ठीक है" उसे सामान्य लगा, लेकिन उसके भीतर कुछ चुभता रहा। उसे पता था कि वह बातें टाल रहा है, लेकिन उसे यह समझ नहीं आ रहा था कि वह किससे भाग रहा है , मीरा से या उस एहसास से जो मीरा के साथ आता था। वह सब कुछ हल्का रखना चाहता था, बिना बोझ, बिना नाम, बिना सवाल। पर वह यह नहीं समझ पा रहा था कि हल्कापन अगर बहुत देर तक रहे, तो एक दिन खालीपन बन जाता है।

मीरा ने उस रात अपनी डायरी खोली। कुछ देर तक खाली पन्ने को देखती रही, फिर लिखा

"आज बात हुई, पर ऐसा लगा जैसे कुछ कहा ही नहीं गया।" उसने पेन बंद कर दिया। उसे यह नहीं पता था कि यह दूरी आगे क्या रूप लेगी। अभी यह शांत थी, सभ्य थी। लेकिन वह इतना समझ चुकी थी कि अगर चीज़ें इसी तरह चलती रहीं, तो एक दिन चलना ही बंद हो जाएँगी।

8

इतने पास

मीरा को उस दिन बाहर निकलने की कोई ज़रूरत नहीं थी। वह चाहती तो मना कर सकती थी, जैसा वह अक्सर करती आई थी। लेकिन उसने मना नहीं किया। शायद इसलिए क्योंकि आरव का मैसेज साधारण नहीं था, और शायद इसलिए भी क्योंकि साधारण चीज़ें अब उसे बेचैन करने लगी थीं।

आरव ने दोपहर में लिखा था कि उसकी मीटिंग उसी इलाके में है, जहाँ मीरा अक्सर जाती थी। उसने मिलने का कोई सुझाव नहीं दिया था, न ही यह पूछा था कि वह आसपास है या नहीं। उसने बस इतना लिखा था "आज मैं तुम्हारे आस-पास ही रहूँगा।"

मीरा ने उस वाक्य को बार-बार पढ़ा। जवाब में उसने सिर्फ़ "ओह" लिखा, जैसे इससे ज़्यादा कुछ लिखना ज़्यादा मतलब निकालना होता। लेकिन उसके बाद उसने कपड़े बदलते समय ज़्यादा देर ली। बाल बाँधते हुए दो बार शीशे में खुद को देखा। और घर से निकलते वक़्त खुद से कहा कि वह बेवजह सोच रही है।

शाम के समय वह उसी सड़क पर थी। वही कैफ़े, वही ट्रैफिक, वही हलचल। उसने कैफ़े के अंदर झाँककर नहीं देखा, फिर भी उसे पता था कि खिड़की के पास वाली मेज़ खाली होगी। फोन उसकी हथेली में था। स्क्रीन लॉक थी, फिर भी उँगलियाँ अनजाने में उसे कसकर पकड़े हुए थीं।

आरव का मैसेज आया—"मीटिंग थोड़ी खिंच गई है।"

मीरा ने "ठीक है" लिखा। यह जवाब अब उसके लिए एक तरह का कवच बन चुका था। वह कैफ़े के बाहर रुकी, फिर अंदर चली गई। उसने कॉफी ऑर्डर की, लेकिन बैठी नहीं। उसे लगा जैसे बैठना किसी फैसले जैसा होगा।

कुछ ही देर में आरव ने एक तस्वीर भेजी। मीटिंग रूम की। काँच की दीवारों के बाहर सड़क दिख रही थी, और नीचे वही कैफ़े का बोर्ड , हल्का सा धुँधला, लेकिन पहचान में आने लायक़।

मीरा की साँस एक पल के लिए अटक गई। वह वहीं थी। आरव भी वहीं था। बीच में बस एक मंज़िल का फ़ासला, कुछ काँच, और बहुत सारी हिचक।

उसने अनजाने में ऊपर देखा। काँच में चेहरे साफ़ नहीं दिखते थे, बस परछाइयाँ। उसने सोचा कि अगर वह हाथ हिलाए, तो क्या आरव देख पाएगा? और अगर देख भी ले, तो क्या करेगा? वह खुद ही इस सोच पर हल्की सी मुस्कुरा दी , कितनी बचकानी उम्मीद थी।

फोन फिर vibrate हुआ—"अजीब है," आरव ने लिखा, "इतने पास होकर भी मिलने जैसा नहीं लग रहा।"

मीरा ने जवाब देने से पहले कॉफी का एक घूँट लिया। कॉफी ज़्यादा गर्म थी। शायद वह भी तैयार नहीं थी।

उसने लिखा - "शायद इसलिए क्योंकि मिलना सिर्फ़ दूरी का सवाल नहीं होता।"

आरव ने तुरंत जवाब नहीं दिया। कुछ देर बाद उसने लिखा - "अगर अभी नीचे आ जाऊँ तो?" मीरा की धड़कन तेज़ हो गई। बस एक वाक्य था, पर उसके साथ सौ संभावनाएँ थीं।उसने टाइप किया—"तुम्हारी मीटिंग?"

आरव ने लिखा—"खत्म होने वाली है।"

मीरा ने कुछ सेकंड तक स्क्रीन देखी। फिर उसने लिखा—"कोई जल्दी नहीं है।"

और भेजने के बाद उसे समझ आया कि उसने क्या किया है। आरव नीचे नहीं आया। मीटिंग खत्म हुई, और वह सीधे ऑफिस लौट गया। मीरा ने कॉफी पूरी नहीं पी। वह बाहर निकली और उसी सड़क पर थोड़ी

देर यूँ ही टहलती रही। उसे अजीब लग रहा था , जैसे कोई दरवाज़ा खुला था, पर दोनों ने एक साथ उसे बंद कर दिया हो।

रात को आरव का वॉइस नोट आया। आवाज़ धीमी थी, थकी हुई भी। उसने कहा कि वह नीचे कैफ़े को देख रहा था और सोच रहा था कि मीरा शायद वहीं होगी। उसने हँसते हुए कहा कि यह सोचना उसे अजीब तरह से सुकून दे रहा था।

मीरा ने वॉइस नोट सुना और फोन सीने से लगा लिया उसे एहसास हुआ कि कुछ मुलाक़ातें सामने बैठकर नहीं होतीं। और कुछ कनेक्शन, बिना छुए ही, और गहरे हो जाते हैं। लेकिन उसी एहसास के साथ एक डर भी था अगर इतने पास आकर भी वे नहीं मिले, तो अगली बार मिलने का साहस और मुश्किल हो जाएगा।

9

जो दिखा, वह काफ़ी था

मीरा ने फोन यूँ ही खोला था। न किसी का इंतज़ार था, न किसी जवाब की उम्मीद। बस आदत में उँगलियाँ चल रही थीं, जैसे दिमाग़ से पहले हाथ जाग जाते हों। तभी उसकी नज़र एक तस्वीर पर रुक गई। आरव की स्टोरी थी। कोई कैप्शन नहीं, बस एक जगह का नाम और एक फ्रेम हल्की रोशनी, टेबल पर दो कॉफ़ी मग, और सामने किसी का हाथ। चेहरा नहीं दिख रहा था, लेकिन इतना साफ़ था कि वह अकेला नहीं था।

मीरा ने स्टोरी दोबारा देखी। फिर तीसरी बार। उसे समझ नहीं आ रहा था कि वह क्या ढूँढ रही है कोई गलती, कोई सफ़ाई, या शायद यह यक़ीन कि उसका दिल बेवजह भारी हो रहा है। उसने फोन लॉक किया, फिर तुरंत खोल लिया। उस तस्वीर में कुछ भी गलत नहीं था, फिर भी सब कुछ गलत लग रहा था।

यह वही इलाका था। वही सड़क। वही कैफ़े से थोड़ी दूरी, जहाँ कुछ दिन पहले वे इतने पास होकर भी नहीं मिल पाए थे। मीरा ने खुद को समझाया कि यह कोई दोस्त भी हो सकता है, कोई काम से जुड़ा इंसान, कोई मामूली सी मुलाक़ात। लेकिन मन ने सवाल बना लिया था, और अब वह सवाल चुप रहने वाला नहीं था।

उसने आरव को मैसेज नहीं किया। इसलिए नहीं कि उसे फर्क नहीं पड़ा, बल्कि इसलिए कि उसे बहुत ज़्यादा पड़ा था। वह जानती थी कि अगर उसने पूछा, तो जवाब चाहे जो भी हो, उसे सुकून नहीं मिलेगा। कुछ जवाब सवालों से ज़्यादा चोट करते हैं।

रात को आरव का मैसेज आया। बिल्कुल सामान्य। "आज दिन ठीक था।"

मीरा ने जवाब दिया , "अच्छा है।" उसके शब्द छोटे हो गए थे, जैसे वह खुद को समेट रही हो।बात आगे बढ़ी। काम, मौसम, ट्रैफिक सब वही पुरानी बातें। लेकिन मीरा अब सिर्फ़ पढ़ नहीं रही थी, वह हर लाइन के पीछे कुछ ढूँढ रही थी। जब आरव ने लिखा, "आज बाहर खाना पड़ा," तो मीरा की उँगलियाँ कुछ सेकंड के लिए रुक गईं। उसने टाइप किया "किसके साथ?" फिर मिटा दिया। उसने सिर्फ़ "ठीक है" लिखा।

उसी पल उसे समझ आया कि असली धक्का यह नहीं था कि आरव किसी और के साथ था। असली धक्का यह था कि अब वह पूछ नहीं सकती थी। पूछने का हक़ नहीं था। कोई रिश्ता नहीं था, कोई वादा नहीं था फिर भी मन मानने को तैयार नहीं था। मीरा को ग़ुस्सा नहीं आ रहा था। न ही जलन। बस एक अजीब सी खाली जगह बन गई थी ऐसी जगह, जहाँ पहले भरोसा बैठा करता था। उसे लगा जैसे किसी ने बिना बताए उसके और आरव के बीच कुछ बदल दिया हो, और अब वह पीछे खड़ी होकर समझने की कोशिश कर रही हो कि कब बदला।

उधर आरव को भी मीरा की बातें बदली-बदली लगीं। जवाब आते थे, पर पहले जैसे नहीं। उसने सोचा कि शायद वह ज़्यादा सोच रहा है। उसने सवाल नहीं पूछा। सवाल पूछना मतलब किसी चीज़ को नाम देना होता है, और नाम देने से वह अब भी डरता था।

उस रात दोनों एक ही बेचैनी के साथ सोए। मीरा इस सोच के साथ कि उसने कुछ खो दिया है, पर यह नहीं जानती कि क्या। और आरव इस सोच के साथ कि सब ठीक है, बस थोड़ा सा ऑफ़।

मीरा को नहीं पता था कि उस तस्वीर की सच्चाई क्या थी। और आरव को यह अंदाज़ा नहीं था कि एक छोटी सी स्टोरी ने मीरा के भीतर भरोसे को हिला दिया है। धोखा हमेशा किसी बड़े झूठ से नहीं लगता।

कभी-कभी वह उस बात से लगता है जो बताई नहीं जाती।

10

सवाल

मीरा ने उस दिन तय किया था कि वह कुछ नहीं पूछेगी। यह कोई रणनीति नहीं थी, बस थकान थी। सवाल पूछने की थकान। हर बार सवाल पूछने से पहले मन में यह तय करना कि सामने वाला सुनना चाहता भी है या नहीं , यह थका देता है।

आरव का मैसेज आया तो बिल्कुल सामान्य था। "आज काम बहुत ज़्यादा है।"

मीरा ने पढ़कर फोन साइड में रख दिया। पहले वह पूछती कि कितना ज़्यादा, कब तक, क्या ठीक हो। आज उसने कुछ नहीं पूछा। कुछ देर बाद उसने बस "ठीक है" लिखा। यह जवाब अब उसके लिए सुरक्षित बन चुका था ना ज़्यादा पास, ना पूरी तरह दूर। आरव ने बातचीत को हल्का रखने की कोशिश की। उसने ऑफिस की बातें लिखीं, किसी बेकार मीटिंग का ज़िक्र किया, किसी कॉफ़ी का जो ठंडी हो गई थी। मीरा जवाब देती रही, लेकिन उसके भीतर सब कुछ सपाट था। वह अब शब्दों को नहीं, उनके नीचे छुपी लापरवाही को पढ़ रही थी। एक जगह आरव ने लिखा, "तुम इतनी बातें दिल पर क्यों ले लेती हो?" फिर कुछ सेकंड बाद "मेरा मतलब है, तुम ज़्यादा सोचती हो।"

मीरा की उँगलियाँ वहीं रुक गईं।

वह जानती थी कि यह लाइन जानबूझकर नहीं कही गई है। इसमें कोई क्रूरता नहीं थी, कोई आरोप नहीं था। फिर भी उसे ऐसा लगा जैसे

किसी ने बहुत हल्के हाथ से, लेकिन बिल्कुल सही जगह पर, चोट कर दी हो। उसने खुद को समझाया कि आरव उसे समझाना चाहता है, हल्का करना चाहता है। लेकिन उसके भीतर कुछ टूट सा गया।

उसे पहली बार साफ़-साफ़ यह एहसास हुआ कि शायद वह ज़्यादा नहीं माँग रही थी, बस गलत जगह से माँग रही थी।उसने जवाब देने में देर की। फिर लिखा "शायद।" एक शब्द। और उसी में सब कुछ।

आरव ने उस "शायद" को पढ़ा और बेचैन हो गया। मीरा पहले ऐसे जवाब नहीं देती थी। वह या तो समझाती थी, या मज़ाक में टाल देती थी। यह नया था। उसने फिर लिखा, "मेरा वो मतलब नहीं था।" लेकिन यह सफ़ाई देर से आई थी, और अधूरी भी। मीरा ने सफ़ाई पढ़ी, लेकिन भीतर कुछ वापस नहीं आया। उसे गुस्सा नहीं आ रहा था, न ही रोना। बस एक अजीब सी स्पष्टता थी, जैसे धुंध हटने के बाद चीज़ें साफ़ दिखने लगती हैं, और वही साफ़ दिखना सबसे ज़्यादा डराता है।

उस रात मीरा ने डायरी खोली। बहुत देर तक पन्ना खाली देखा। फिर लिखा

"आज समझ आया कि हर सवाल का जवाब नहीं चाहिए होता। कुछ सवाल बस यह बताते हैं कि अब चीज़ें पहले जैसी नहीं रहीं।"

उधर आरव बिस्तर पर करवट बदलता रहा। उसे लग रहा था कि उसने कुछ गलत कहा है, पर यह नहीं समझ पा रहा था कि कितना गलत। उसने खुद से कहा कि वह बात को बड़ा बना रहा है। वह हमेशा से ऐसा करता आया था हल्केपन को बचाने के लिए गंभीरता से भागता हुआ। लेकिन पहली बार उसे यह डर लगा कि शायद वह देर कर रहा है। मीरा को उस रात यह साफ़ समझ आ गया कि धोखा हमेशा किसी और के होने से नहीं लगता। कभी-कभी वह उस पल लगता है, जब सामने वाला हमारे महसूस करने के तरीके को ही समस्या समझने लगता है।

और उसे यह भी समझ आ गया कि अब सवाल पूछना नहीं, जवाब सहना मुश्किल होने वाला है।

वह पल

मीरा ने उस रात किसी से बात नहीं की। न आरव से, न खुद से। उसने फोन साइलेंट पर रखा और पहली बार महसूस किया कि चुप्पी

खाली नहीं है। चुप्पी में जगह होती है सोचने की, समझने की, और सबसे ज़्यादा अपने आप से ईमानदार होने की। वह देर तक खिड़की के पास बैठी रही। बाहर की सड़क वही थी, आवाज़ें वही थीं, लेकिन उसके भीतर कुछ अलग था। उसे अचानक यह एहसास हुआ कि वह थकी नहीं है , वह बस बहुत देर से अपनी सीमा के बाहर खड़ी थी। और यह समझ आना किसी टूटने जैसा नहीं था, बल्कि किसी बोझ के उतरने जैसा था।

उसे पहली बार साफ़ लगा कि वह किसी से कम नहीं माँग रही थी। वह बस उस जगह से माँग रही थी जहाँ देने की आदत नहीं थी। यह सोचते ही उसके भीतर की बेचैनी ने जगह बदल ली , अब वह खुद के खिलाफ़ नहीं थी।

मीरा ने फोन उठाया, स्क्रीन देखी, फिर वापस रख दिया। आज उसे जवाब नहीं चाहिए थे। आज उसे दिशा चाहिए थी। और दिशा का मतलब था,

एक कदम पीछे।

11

सीमा

अगले दिन मीरा ने कुछ नहीं बदला कम से कम बाहर से तो नहीं। वह अपने काम पर गई, लिखती रही, कॉफी पी, लोगों से मिली। फर्क सिर्फ़ इतना था कि अब उसका फोन बार-बार उसकी तरफ़ नहीं खिंच रहा था। उसने उसे बैग में ही रहने दिया, जैसे कोई चीज़ जो पास हो, लेकिन जरूरी न हो। आरव का मैसेज दोपहर में आया। सामान्य सा—"आज थोड़ा फ्री हूँ।" पहले यह लाइन उसे अच्छा लगती। आज उसने इसे पढ़ा और बस इतना सोचा कि ठीक है। उसने तुरंत जवाब नहीं दिया।

शाम तक उसने इंतज़ार किया, पर बेचैनी नहीं आई। यह नई बात थी। जैसे किसी ने भीतर का शोर कम कर दिया हो। उसने खुद से पूछा कि क्या वह जानबूझकर दूरी बना रही है। जवाब साफ़ था , नहीं। वह बस खुद के पास लौट रही थी। रात को उसने आरव को लिखा—"मुझे लगता है हमें थोड़ी जगह चाहिए।" कोई शिकायत नहीं। कोई आरोप नहीं। बस एक तथ्य।

आरव ने जवाब देने में देर की। जब आया, तो लंबा था। उसने लिखा कि वह ऐसा नहीं चाहता, कि सब ठीक है, कि बातें यूँ ही चल रही थीं। मीरा ने पूरा पढ़ा। ध्यान से। बिना बीच में काटे।

फिर उसने लिखा—"मुझे जवाब नहीं चाहिए। मुझे clarity चाहिए थी। और फिलहाल, clarity मेरे लिए स्पेस में है।"

यह लिखते हुए उसके हाथ नहीं काँपे। न उसे डर लगा कि वह कुछ खो देगी। उसे बस यह लगा कि वह कुछ बचा रही है "खुद को"।

उस रात मीरा ने डायरी खोली और पहली बार बिना दर्द के लिखा। उसने लिखा कि कुछ रिश्ते खत्म नहीं होते, बस अपनी सही जगह पर रख दिए जाते हैं। उसने लिखा कि हर कनेक्शन को निभाना ज़रूरी नहीं होता, कुछ को समझना ही काफ़ी होता है।

उधर आरव देर तक ऑनलाइन रहा। उसने कई बार टाइप किया, मिटाया। उसे पहली बार लगा कि हल्कापन हर बार समाधान नहीं होता। और शायद उसने बहुत देर तक इसी हल्केपन के भरोसे चीज़ों को टाला था।

मीरा ने फोन साइड में रखा और लाइट बंद कर दी। आज उसने किसी का इंतज़ार नहीं किया। और यही उसकी सबसे बड़ी जीत थी। वह जानती थी कि यह कहानी अभी खत्म नहीं हुई है। लेकिन अब यह भी जानती थी कि आगे जो होगा, वह उसकी शर्तों पर होगा। और अगर कुछ नहीं भी हुआ, तो भी वह ठीक रहेगी। कभी-कभी ताक़त किसी को पकड़कर रखने में नहीं होती। कभी-कभी ताक़त खुद को छोड़ न देने में होती है।

बीच का समय

अगले कुछ दिनों तक मीरा ने खुद को व्यस्त रखा। यह कोई नाटकीय दूरी नहीं थी, न ही कोई घोषणा। वह बस अपने दिन वैसे जी रही थी जैसे उन्हें जीना चाहिए था , काम, घर, लिखना, और रात को जल्दी सो जाना। फोन अब भी पास रहता था, पर हर बार उसे उठाने की ज़रूरत नहीं लगती थी। यह बदलाव बड़ा नहीं था, पर स्थायी था।

कभी-कभी उसे आरव की याद आती। बिना वजह। बिना ट्रिगर के। लेकिन अब उस याद के साथ कोई घबराहट नहीं जुड़ी थी। वह उसे महसूस करती, और आगे बढ़ जाती। जैसे किसी पुराने गाने की धुन याद आ जाए, पर उसे दोबारा चलाने की इच्छा न हो।

उसने यह भी महसूस किया कि दूरी लेने का मतलब यह नहीं होता कि सब साफ़ हो जाता है। कुछ सवाल साथ चलते रहते हैं। बस अब वे दिशा तय नहीं करते। वे पीछे बैठ जाते हैं। मीरा को नहीं पता था कि यह

संतुलन कब तक चलेगा। वह यह भी नहीं जानती थी कि कुछ फैसले तब तक पूरे नहीं होते, जब तक वे सामने आकर खड़े न हो जाएँ। और कभी-कभी, उन्हें टालना ही हमें उन्हीं की ओर ले जाता है।

12

सामने

मीरा उस कैफ़े में जाने के इरादे से नहीं निकली थी। वह बस चल रही थी, बिना किसी खास मंज़िल के। यह वही सड़क थी, वही समय, वही हलचल। फर्क सिर्फ़ इतना था कि इस बार उसके भीतर कोई जल्दी नहीं थी। वह किसी को ढूँढ नहीं रही थी, और न ही किसी से बच रही थी।

कैफ़े के बाहर वह एक पल के लिए रुकी। शीशे के पार रोशनी और लोगों की आवाज़ें साफ़ दिख रही थीं। उसने सोचा कि अंदर न जाए। यह सोच उसे सहज लगी। लेकिन फिर उसने खुद से पूछा , क्यों नहीं? डर नहीं था। बस एक पुरानी आदत थी, जो अब उतनी मज़बूत नहीं रही।

वह अंदर गई। अंदर वही भीड़ थी, वही परिचित कोना, वही कॉफ़ी की गंध। उसने दो क़दम ही बढ़ाए थे कि उसकी नज़र सामने पड़ी।

आरव।

वह वहीं था। उसी मेज़ पर, जहाँ कभी मिलने की बात हुई थी। सामने कोई और बैठी थी। दोनों के बीच वह सहजता थी जो बनावटी नहीं होती , ना बहुत ज़्यादा क़रीब, ना औपचारिक। बस comfortable।

मीरा वहीं रुक गई। उस पल उसे किसी चीज़ से बचने की ज़रूरत नहीं लगी। न उसने खुद को संभाला, न कोई बहाना ढूँढा। उसे बस यह समझ आया कि कुछ सच्चाइयाँ अचानक सामने नहीं आतीं वे धीरे-धीरे हमारी ओर बढ़ती हैं, जब तक कि हम उन्हें देख पाने लायक़ न हो जाएँ। आरव ने सिर उठाया। उनकी नज़रें मिलीं।

वह एक सेकंड बहुत छोटा, लेकिन बहुत भारी था। आरव की मुस्कान रुक गई। सामने बैठी लड़की ने कुछ कहा, पर आरव ने नहीं सुना। उसकी नज़र अब सिर्फ़ मीरा पर थी , जैसे दिमाग़ अचानक हिसाब लगाने लगा हो। क्या उठकर आए? क्या हाथ हिलाए? क्या कुछ कहा जाए?

मीरा ने कुछ नहीं किया। वह वहीं खड़ी रही। शांत। सीधी। जैसे उसे किसी चीज़ की जल्दी नहीं थी। जैसे उसे कोई सफ़ाई नहीं चाहिए थी। उस पल में बहुत कुछ हो सकता था। आरव उठ सकता था। मीरा आगे बढ़ सकती थी। कोई सवाल पूछा जा सकता था। लेकिन मीरा ने कुछ और किया।

वह मुड़ी...

और बाहर निकल गई। दरवाज़ा खुला, फिर बंद हो गया। पीछे शोर रह गया। और आगे सड़क। उसका दिल तेज़ धड़क रहा था। यह सच था। पर यह वह धड़कन नहीं थी, जो किसी को खोने से आती है। यह वह धड़कन थी, जो खुद को पकड़ लेने के बाद आती है। वह कुछ कदम चली। फिर रुकी। साँस ली।

और तभी फोन vibrate हुआ। आरव। मीरा ने स्क्रीन देखी। फोन जेब में रखा। और चलती रही। उसने महसूस किया कि यह पहला मौका था जब उसने किसी सच्चाई से मुँह नहीं मोड़ा। उसने उसे देखा, स्वीकार किया और खुद को वहाँ से हटा लिया। न ड्रामा, न आरोप, न सवाल। यही उसकी ताक़त थी।

उसे पहली बार साफ लगा कि power का मतलब यह नहीं होता कि कुछ महसूस न हो। Power का मतलब यह होता है कि महसूस करने के बावजूद, खुद को खोया न जाए।

पीछे कैफ़े में आरव अब भी बैठा था। सामने की लड़की कुछ कह रही थी, लेकिन उसका ध्यान वहाँ नहीं था। उसे पहली बार यह अहसास हुआ कि हल्केपन की कीमत भी चुकानी पड़ती है। और शायद उसने वह कीमत अभी-अभी देख ली थी - चलते हुए, बिना पलटे।

मीरा घर पहुँची। जूते उतारे। खिड़की खोली। आज उसने किसी से दूरी नहीं बनाई थी। आज उसने खुद को चुना था। और यह कहानी का पहला ऐसा पल था जहाँ वह मज़बूत नहीं दिखी, वह सच में मज़बूत थी।

मीरा जानती थी कि उसने उस दिन खुद को चुना था। लेकिन पहली बार उसके मन में यह सवाल ठहर गया

क्या हर बार खुद को चुनने का मतलब किसी और को खो देना होता है? वह नहीं जानती थी कि इस सवाल का जवाब क्या होगा। पर इतना तय था कि अब वह इसे टालकर नहीं जिएगी।

13

देर से

मीरा ने उस दिन जानबूझकर किसी चीज़ को टालने की कोशिश नहीं की थी। वह बस अपने काम में लगी रही, जैसे लोग तब रहते हैं जब उन्होंने भीतर कोई फैसला कर लिया हो और अब उसे साबित करने की ज़रूरत महसूस न हो। बाहर से सब सामान्य था, लेकिन भीतर एक तरह की स्थिरता थी न उत्साह, न डर, बस स्पष्टता।

आरव का मैसेज उसी शाम आया। इस बार वह छोटा नहीं था। कई लाइनें थीं, जैसे उसने बहुत कुछ एक साथ कहने की कोशिश की हो। मीरा ने पूरा मैसेज पढ़ा, फिर फोन नीचे रख दिया। पहले वह ऐसे मैसेज को बार-बार पढ़ती, हर लाइन का मतलब निकालती। आज उसने बस इतना नोट किया कि आरव अब बोल रहा है और यह बोलना देर से आया है। कुछ शब्द सही होते हैं, बस समय पर नहीं पहुँचते।

कुछ देर बाद उसका कॉल आया। मीरा ने स्क्रीन देखी। नाम वही था, लेकिन असर वही नहीं रहा। उसने कॉल उठाया नहीं। यह कोई बदला नहीं था, न ही सज़ा। वह बस जानती थी कि अभी उसे सुनने की ज़रूरत नहीं है।

आरव को यह चुप्पी असहज लगी। वह इस तरह की चुप्पी का आदी नहीं था , जहाँ सामने वाला नाराज़ नहीं होता, पर उपलब्ध भी नहीं रहता। उसे लगा था कि अगर वह समझा देगा, तो बात संभल जाएगी। उसने हमेशा यही किया था थोड़ा हल्का करना, थोड़ा टाल देना, और आगे

बढ़ जाना। जो लोग हर बात को हल्का रखते हैं, वे यह भूल जाते हैं कि कभी-कभी वज़न उठाया भी जाना चाहिए।

मीरा ने रात को एक ही मैसेज लिखा "मुझे अभी बात करने का मन नहीं है।" कोई सफ़ाई नहीं। कोई भविष्य का वादा नहीं। उस एक लाइन में वह सब था जो पहले कई पन्नों में भी नहीं कहा जा सका था। उसे यह लिखते हुए डर नहीं लगा। उसे यह भी नहीं लगा कि वह कुछ खो रही है। उसे बस यह महसूस हुआ कि वह अब खुद को किसी जवाब के नीचे नहीं रख रही।

आरव ने जवाब नहीं दिया। शायद वह पहली बार यह समझने की कोशिश कर रहा था कि चीज़ें अपने आप ठीक नहीं होतीं। कुछ रिश्ते इंतज़ार नहीं करते। और कुछ लोग, अगर देर हो जाए, तो वहीं रुकना चुन लेते हैं। देर से आया हुआ एहसास कभी-कभी माफ़ नहीं किया जाता, सिर्फ़ स्वीकार कर लिया जाता है।

मीरा ने फोन साइड में रखा और खिड़की के पास खड़ी हो गई। बाहर की रात वैसी ही थी जैसी हर रात होती है। लेकिन आज उसे किसी अपडेट की ज़रूरत नहीं थी। न last seen देखने की, न किसी reply का हिसाब रखने की। उसे यह भी नहीं लगा कि उसने कुछ जीत लिया है। बस इतना लगा कि उसने खुद को खोने से बचा लिया है। कभी-कभी देर से बोले गए शब्दों की समस्या यह नहीं होती कि वे गलत होते हैं। समस्या यह होती है कि वे उस समय आते हैं जब सामने वाला सुनने की जगह से आगे निकल चुका होता है। मीरा जानती थी कि यह अंत नहीं है। शायद कोई साफ़ शुरुआत भी नहीं। यह बस वह मोड़ था जहाँ से लौटना संभव नहीं होता और आगे जाना मजबूरी नहीं, चुनाव बन जाता है।

14

उसी स्क्रीन पर

मीरा ने यह नहीं सोचा था कि किसी दिन उसे कुछ ऐसा दिखेगा, जिसके बाद सवाल पूछने की ज़रूरत ही नहीं पड़ेगी। उसने खुद को इस बात के लिए तैयार किया था कि सच आएगा-धीरे, बातचीत के ज़रिए, या किसी सफ़ाई के साथ। उसने यह नहीं सोचा था कि सच ऐसे आएगा, जैसे कोई स्क्रीन यूँ ही खुल जाए और सब कुछ तय हो जाए।

उस रात वह इंस्टाग्राम बस आदतन खोल रही थी। कोई ढूँढना नहीं था, किसी का प्रोफ़ाइल देखने की मंशा भी नहीं थी। उँगलियाँ अपने आप नीचे स्क्रॉल कर रही थीं,लोगों की ज़िंदगियाँ, मुस्कुराते चेहरे, छोटे-छोटे अपडेट्स। फिर अचानक एक तस्वीर पर उसका स्क्रॉल रुक गया।

आरव।

वह तस्वीर नई थी। बहुत नई। रोशनी ठीक थी, चेहरे साफ़ दिख रहे थे। आरव किसी और के साथ खड़ा था , इतना क़रीब कि दूरी का सवाल ही नहीं था। और नीचे लिखा था: Engaged.

मीरा ने पहली बार तस्वीर नहीं देखी।

उसने शब्द देखा।

उसके भीतर कोई शोर नहीं हुआ। न दिल धक-धक किया, न साँस अटकी। उसे बस यह महसूस हुआ कि कुछ अंदर से चुपचाप बैठ गया है, जैसे कोई चीज़ अपनी जगह छोड़कर हमेशा के लिए हट गई हो।

उसने प्रोफ़ाइल खोली। तारीख़ आज की थी। कमेंट्स भरे हुए थे। बधाइयाँ, दिल, सवाल -सब कुछ। उसे यह समझने में ज़्यादा वक़्त नहीं लगा कि यह अचानक नहीं था। यह कुछ समय से चल रहा था। यह तय किया गया था। यह साझा किया गया था।

बस उसे नहीं बताया गया था।

मीरा को आरव का पिछला मैसेज याद आया कि वह अगले हफ्ते शहर से बाहर जा रहा है, कि नेटवर्क ठीक नहीं रहेगा। उसे उन देर से आए जवाबों की याद आई, उन अधूरी बातों की, उन शामों की जब वह सोचती रही कि शायद वह ज़्यादा सोच रही है।

अब उसे समझ आ रहा था कि वह ज़्यादा नहीं सोच रही थी। वह बस कम जान रही थी। यह किसी और को चुनने का धोखा नहीं था। यह उसे इस लायक़ न समझने का धोखा था कि उसे सच्चाई बता दी जाए। मीरा ने तस्वीर को दोबारा नहीं देखा। उसने न ज़ूम किया, न नाम पढ़ा, न चेहरा पहचानने की कोशिश की। उसे यह जानने की ज़रूरत नहीं थी कि वह लड़की कौन है। अब सवाल कौन का नहीं था। सवाल कब का भी नहीं था। सवाल क्यों नहीं बताया का था।

उसने ऐप बंद कर दिया। फोन टेबल पर रख दिया। कमरे में वही रोशनी थी, वही खामोशी। कुछ भी बदला नहीं था सिवाय इसके कि अब वह साफ़ देख पा रही थी कि जिन बातों को वह connection समझ रही थी, वे दरअसल convenience थीं।

आरव ने उसे छोड़ा नहीं था।

उसने बस उसे अपनी ज़िंदगी के उस हिस्से में कभी शामिल ही नहीं किया, जिसे वह बाक़ी दुनिया को दिखा रहा था।

मीरा को पहली बार यह एहसास हुआ कि सबसे बड़ा धोखा तब लगता है, जब कोई हमें अपनी कहानी का हिस्सा नहीं, सिर्फ़ अपने खाली समय का हिस्सा समझता है।

उस रात उसने किसी को कॉल नहीं किया। किसी को मैसेज नहीं लिखा। उसे सफ़ाई नहीं चाहिए थी। क्योंकि सफ़ाई तब दी जाती है, जब कुछ बचाना हो। यहाँ कुछ भी बचा नहीं था। और उसी पल, बिना कोई फ़ैसला लिए, मीरा एक चीज़ जान चुकी थी—कुछ रिश्ते ख़त्म नहीं होते।

वे बस सार्वजनिक हो जाते हैं।

15

देखा?

मीरा ने सोचा था कि सच देखने के बाद वह टूट जाएगी। लेकिन सच देखने के बाद पहली हैरानी यह थी कि वह टूटी नहीं। उसके भीतर कुछ टूटा ज़रूर, पर बाहर कुछ भी नहीं बदला। कमरे की हवा वैसी ही थी, घड़ी की टिक-टिक वैसी ही, और मोबाइल स्क्रीन का काला पड़ जाना भी बिल्कुल साधारण-सा। बस एक बात अलग थी, अब उसे अपने भीतर एक नई तरह की शांति महसूस हो रही थी, जो अक्सर दुख के साथ नहीं आती, बल्कि दुख के बाद आती है।

वह देर तक बैठी रही। न रोई, न काँपी। उसकी आँखें सूखी थीं, लेकिन शरीर भारी। वह यह समझने की कोशिश कर रही थी कि वह किस हिस्से को ज्यादा चोटिल मान रही है आरव के किसी और को चुनने को, या इस बात को कि उसके साथ इतना समय बिताने के बाद भी आरव उसे सच बताने लायक़ नहीं समझ पाया।

कुछ देर बाद, बिना किसी इरादे के, उसने फोन फिर उठा लिया। स्क्रीन ऑन हुई तो वही तस्वीर सामने नहीं आई, पर आरव की प्रोफ़ाइल का नाम अब भी उसके दिमाग में टिका हुआ था। वह चाहकर भी उससे बाहर नहीं निकल पा रही थी। उसने आरव का चैट खोला।

चैट में कोई नया मैसेज नहीं था। वही पिछला “Busy hoon yaar. Later.”

मीरा ने पहली बार उस 'Later' को ध्यान से पढ़ा। 'Later' का मतलब था - अब नहीं। 'Later' का मतलब था - जब तुम्हारी ज़रूरत होगी। 'Later' का मतलब था - तुम्हें इंतज़ार करना चाहिए, क्योंकि तुम्हें आदत है इंतज़ार करने की।

मीरा को याद आया, उसने कितनी बार अपने मन को समझाया था कि आरव ऐसा नहीं है। उसने कितनी बार खुद को सिखाया था कि किसी के देर से जवाब देने का मतलब अनदेखी नहीं होता। उसने कितनी बार अपने दर्द को "मतलब निकालने की बीमारी" कहकर दबाया था।

अब उसे साफ़ दिख रहा था , वह बीमारी नहीं थी। वह संकेत था।

कभी-कभी इंसान को धोखा तब नहीं लगता जब कोई उसे छोड़ देता है। धोखा तब लगता है जब वह समझ जाता है कि उसे बचाने की कोशिश कभी की ही नहीं गई। आरव ने उसे छोड़ा नहीं था , आरव ने बस उसे अपनी ज़िंदगी से अलग रखा था। जैसे वह एक निजी अनुभव हो, और बाकी दुनिया सार्वजनिक सत्य।

वह फिर से इंस्टाग्राम पर गई। इस बार उसने तस्वीर देखी। बस एक बार। उसे लड़की का चेहरा याद करने की ज़रूरत नहीं थी। बस आरव की आँखें देखना चाहती थी , वही आँखें, जिनमें वह कभी खुद को सुरक्षित समझती थी।

और वह आँखें... उसी तरह मुस्कुरा रही थीं, जैसे उसने मीरा के सामने मुस्कुराया था।

उसके भीतर कुछ सख्त हो गया।

मीरा ने पहली बार खुद से यह सवाल नहीं किया कि "मैं कम क्यों पड़ गई?"

उसने पहली बार खुद से यह पूछा—"मैंने खुद को इतना सस्ता क्यों समझा?"

वह स्क्रीन स्क्रॉल करती रही और उसे यह भी दिखने लगा कि यह रिश्ता कब-कब खत्म हुआ था। खत्म तो पहले ही हो गया था बस उसे बताया नहीं गया था। वो कॉल्स जो कट जाती थीं, वो मीटिंग्स जिनका बहाना बनता था, वो यात्राएँ जिनमें नेटवर्क नहीं आता था सब कुछ अब एक ही लाइन में जुड़ रहा था, जैसे किसी कहानी का प्लॉट अचानक

स्पष्ट हो जाए।

उसने मोबाइल बंद कर दिया। फोन टेबल पर रखा। और पहली बार उसने अपने भीतर अपने लिए गुस्सा महसूस किया आरव के लिए नहीं।

क्योंकि आरव ने जो किया, वह आरव का चरित्र था।

पर मीरा ने जो सहा, वह मीरा की आदत बन गई थी।

उसी समय फोन फिर वाइब्रेट हुआ। मीरा ने स्क्रीन पर देखा। नोटिफिकेशन नहीं , मैसेज था। आरव का।

"देखा?"

बस दो अक्षर। दो अक्षर नहीं , दो चोटें।

मीरा ने मैसेज पढ़ा, फिर उसकी उंगलियाँ कुछ देर तक स्क्रीन पर रुकी रहीं। जवाब लिखना बहुत आसान था। गुस्सा, ताना, सवाल, रोना सब कुछ लिखा जा सकता था। लेकिन मीरा को एक बात समझ आ गई थी , आरव का "देखा?" पूछना, दरअसल "सह पाओगी?" का दूसरा नाम था।

आरव जवाब नहीं चाहता था। वह प्रतिक्रिया चाहता था। वह रोना चाहता था। वह टूटना चाहता था। वह चाहता था कि मीरा उसे साबित कर दे कि वह अब भी उसकी पकड़ में है। मीरा ने चैट विंडो बंद कर दी। जवाब नहीं भेजा। कभी-कभी सबसे बड़ा जवाब वही होता है जो आप नहीं देते।

वह फिर से आईने के सामने खड़ी हुई। उसने अपने चेहरे को देखा - वही चेहरा जो कभी उम्मीद से भरा रहता था। अब उसमें थकान थी, पर कमज़ोरी नहीं। मीरा ने अपने आप से कहा बहुत धीमे, जैसे किसी बच्चे को समझाया जाता है , "तुम्हें ये नहीं जानना कि वह लड़की कौन है। तुम्हें ये जानना है कि तुम कौन हो।"

उसने फोन उठाया और आरव को ब्लॉक नहीं किया। यह उसका आख़िरी नियंत्रण था वह अब भी उसे देख सकती थी, पर उसे छूने नहीं देगी। वह अब भी सच देख सकती थी, पर उसे अपने भीतर नहीं उतरने देगी।

रात गहरी होती जा रही थी। पर पहली बार मीरा को अंधेरे से डर नहीं लगा। उसे एहसास हुआ कि उसकी सबसे बड़ी हार यह नहीं थी कि आरव

किसी और के साथ था। उसकी हार यह थी कि वह अब तक उसे अपने ऊपर अधिकार देती रही।

अब नहीं।

उसने नोट्स खोला और एक लाइन लिखी : "धोखा दिल तोड़ता नहीं... चरित्र बनाता है।" और उसी पल उसे बहुत साफ़ दिखा , कुछ रिश्ते खत्म नहीं होते। वे खत्म होकर भी हमारे अंदर रह जाते हैं। पर अब मीरा तय कर चुकी थी वह अंदर से किसी को जाने नहीं देगी, जो बाहर से उसे छोड़ चुका हो।

16

प्रतिक्रिया

मीरा ने उस रात फोन साइलेंट पर रख दिया था, लेकिन नींद तुरंत नहीं आई। भीतर कोई शोर नहीं था, फिर भी एक अजीब-सी जागरूकता थी जैसे उसके अंदर कुछ हमेशा के लिए बदल गया हो।

सुबह जब उसने फोन उठाया, आरव का एक और संदेश था।

"इतनी चुप क्यों हो?"

वह कुछ देर तक स्क्रीन देखती रही। यह वही पैटर्न था - पहले चोट, फिर परीक्षण, फिर उलझन। उसे अचानक समझ आया कि आरव को उसके दर्द की पुष्टि चाहिए थी। वह जानना चाहता था कि तस्वीर ने असर किया या नहीं।

मीरा ने जवाब देने की जल्दी नहीं की। उसने पहले खुद से पूछा "क्या सच में कुछ कहना ज़रूरी है?"

कुछ मिनट बाद फिर संदेश आया : "मैंने सोचा था तुम समझोगी।"

यह वाक्य पढ़ते ही मीरा के भीतर हल्की-सी मुस्कान आई। समझना। यह शब्द उसने कितनी बार अपने खिलाफ इस्तेमाल किया था। हर अधूरे व्यवहार को समझा। हर अनुपस्थिति को समझा। हर झूठी सहजता को समझा।

अब उसे पहली बार महसूस हुआ समझदारी और सहनशीलता में फर्क होता है। एक आत्मसम्मान बचाती है, दूसरी उसे खत्म करती है। उसने अंततः जवाब लिखा "समझना तब आसान होता है जब सच

छिपाया न जाए।"

संदेश भेजने के बाद उसका दिल तेज़ नहीं धड़का। उसे इंतज़ार नहीं हुआ। यह नया था।

कुछ देर बाद आरव का कॉल आया। उसने स्क्रीन देखी। नाम पहले जैसा ही था, पर उसका असर बदल चुका था।

इस बार उसने कॉल उठाया।

दूसरी तरफ़ कुछ सेकंड की चुप्पी रही।

"तुम ऐसे बिहेव क्यों कर रही हो?" आवाज़ में नाराज़गी कम थी, असहजता ज़्यादा।

मीरा ने बहुत शांत स्वर में कहा, "मैं वैसा ही व्यवहार कर रही हूँ जैसा सच के बाद किया जाता है।"

"तुम ओवररिएक्ट कर रही हो," आरव ने लगभग सहजता से कहा। "चीज़ें इतनी ब्लैक-एंड-व्हाइट नहीं होतीं।"

मीरा को लगा, यही वह जगह है जहाँ पहले वह टूट जाती थी। बहस करती, समझाती, साबित करती।

आज उसने सिर्फ़ पूछा "तो तुम्हारी सगाई ग्रे थी?" कुछ पल के लिए उधर चुप्पी छा गई।

"मैंने तुम्हें चोट पहुँचाने के लिए नहीं किया," आरव ने धीमे से कहा।

मीरा ने पहली बार महसूस किया कि यह बातचीत उसे कमजोर नहीं कर रही। वह स्थिर थी। "चोट इरादे से नहीं लगती, आरव," उसने धीरे से कहा। "चोट सच छिपाने से लगती है।"

आरव ने लंबी साँस ली। "मैं तुम्हें खोना नहीं चाहता।" यह वही वाक्य था जिसे वह महीनों से सुनना चाहती थी।

पर अब उसे समझ आ गया था किसी को खोने का डर, उसे रखने की क्षमता नहीं बन जाता। "तुमने मुझे पहले ही खो दिया," उसने शांत स्वर में कहा। "बस तुम्हें पता आज चला है।"

फोन के उस पार फिर सन्नाटा था।

मीरा ने कॉल काटा नहीं। वह इंतज़ार करती रही कि शायद पहली बार कोई साफ़ वाक्य आए। कोई स्पष्ट स्वीकारोक्ति। कोई जिम्मेदारी।

कुछ नहीं आया।

"मुझे टाइम दो," आरव ने अंत में कहा।

मीरा ने बहुत स्पष्ट आवाज़ में जवाब दिया "इस बार मैं इंतज़ार नहीं करूँगी।"

कॉल कट गया।

वह कुर्सी पर बैठी रही। उसे न जीत महसूस हुई, न हार। सिर्फ़ एक अजीब-सी बराबरी।उसे पहली बार एहसास हुआ

अब आरव उसकी कमजोरी नहीं रहा। वह बस एक सच्चाई था, जिसे उसने देर से पहचाना। और पहचान लेना ही कभी-कभी सबसे बड़ा प्रतिशोध होता है।

17

मुलाक़ात

कॉल कटने के बाद मीरा ने फोन उल्टा करके मेज़ पर रख दिया।

उसे पहली बार यह साबित करने की ज़रूरत नहीं थी कि वह ठीक है। वह सचमुच ठीक थी , कमज़ोर नहीं, बस स्पष्ट।

दो दिन तक कोई संदेश नहीं आया। पहले यह सन्नाटा उसे बेचैन करता। अब नहीं। अब वह समझ चुकी थी कि हर खामोशी का मतलब त्याग नहीं होता। कुछ खामोशियाँ स्वीकार होती हैं। तीसरे दिन रात को फोन फिर चमका।

"Can we meet once?" मीरा ने संदेश पढ़ा। दिल हल्का-सा धड़का , आदत अभी पूरी तरह मरी नहीं थी। पर धड़कन में डर नहीं था। सिर्फ़ स्मृति थी। वह जानती थी, यह मुलाक़ात closure के नाम पर एक और उलझन हो सकती है। वह यह भी जानती थी कि आरव को शायद अब पहली बार उसके जाने का अर्थ समझ आ रहा था। उसने बहुत देर तक जवाब नहीं दिया। फिर लिखा "मुलाक़ातें तब होती हैं जब दोनों खाली हो। मैं अब खाली नहीं हूँ।" कुछ देर बाद जवाब आया- "इतनी जल्दी आगे बढ़ गई?"

मीरा ने स्क्रीन देखी। यह वही वाक्य था जो समाज हर उस स्त्री से पूछता है जो रोना बंद कर देती है।

उसने लिखा "आगे बढ़ना जल्दी या देर से नहीं होता। आगे बढ़ना तब होता है जब पीछे लौटने की इच्छा मर जाए।" संदेश भेजने के बाद उसने

फोन बंद कर दिया। उस रात उसने पहली बार आरव की प्रोफ़ाइल नहीं देखी। न उसकी स्टोरी। न उसकी तस्वीर। उसे अब प्रमाण की ज़रूरत नहीं थी।

सुबह उठकर उसने अपने कमरे की खिड़की खोली। धूप अंदर आई।

उसे अचानक एहसास हुआ इतने महीनों से वह किसी और के निर्णयों के मौसम में जी रही थी। आज पहली बार उसका अपना मौसम था।

आरव का एक आख़िरी संदेश दोपहर में आया “I didn’t think you’d change this much.” मीरा ने पढ़ा। जवाब नहीं दिया। क्योंकि वह बदल नहीं रही थी। वह बस अपनी जगह वापस ले रही थी। और कभी-कभी सबसे गहरी दूरी किलोमीटर से नहीं बनती आदत से बनती है।

18

अनुपस्थिति

सगाई के बाद घर में चहल-पहल थी। रिश्तेदार, कॉल्स, बधाइयाँ। सब कुछ व्यवस्थित था। तय। सुरक्षित। लेकिन आरव को पहली बार यह महसूस हुआ कि सुरक्षित होना और संतुष्ट होना एक ही बात नहीं होती। रात को वह बालकनी में खड़ा था। फोन हाथ में था। आदतन उसने चैट खोली। मीरा का नाम ऊपर नहीं था। कई दिन हो गए थे।

पहले वह सोचता था वह हमेशा रहेगी। अब उसे पहली बार समझ आया कोई भी "हमेशा" तब तक होता है, जब तक आप उसे हल्के में लेते हैं। उसने मीरा की प्रोफ़ाइल खोली। कुछ नया नहीं था। कोई ताना नहीं। कोई दर्द भरा स्टेटस नहीं। बस सामान्य-सी तस्वीरें। सामान्य-सी दिनचर्या। उसे अजीब लगा। वह चाहता था कि मीरा टूटे। कम से कम इतना कि उसे लगे वह अब भी महत्वपूर्ण है।लेकिन मीरा की शांति... उसे बेचैन कर रही थी।

सगाई की अंगूठी उसकी उंगली में चमक रही थी।उसने उसे घुमाया। अचानक उसे याद आया मीरा कभी चीज़ों को लेकर इतनी स्पष्ट नहीं होती थी। वह समझाती थी। बहस करती थी। बचाने की कोशिश करती थी। अब वह कुछ नहीं कर रही थी। और यही सबसे असहज करने वाला था। उसे पहली बार एहसास हुआ , "मीरा चली नहीं गई थी, वह बस उपलब्ध रहना बंद कर चुकी थी।" उस रात उसने अपने आप से एक सवाल पूछा "अगर आज मीरा सच में हमेशा के लिए चली जाए, तो क्या

उसे फर्क पड़ेगा?" जवाब तुरंत आया। पड़ेगा। लेकिन यह फर्क प्रेम का था, या आदत का? उसने आँखें बंद कीं।

उसे मीरा की आवाज़ याद आई धीमी, समझाने वाली। उसे याद आया, कितनी बार उसने उसे कहा था, "तुम ठीक हो जाओगे।" शायद वह पहली लड़की थी जो उसे सुधारना नहीं, समझना चाहती थी।और शायद... वही चीज़ उसने खो दी थी। फोन स्क्रीन फिर चमकी। सामने उसकी मंगेतर का संदेश था "कल वेन्यू देखने चलना है, फ्री हो?" आरव ने जवाब टाइप किया "हाँ।" पर उसके भीतर पहली बार एक खालीपन स्थायी हो गया था। उसे समझ आने लगा था कुछ लोग हमारे साथ नहीं रहते, पर हमारी अनुपस्थिति को हमेशा के लिए परिभाषित कर जाते हैं। और मीरा अब उसकी अनुपस्थिति बन चुकी थी।

19

दरार

सगाई के बाद घर में तैयारियाँ बढ़ने लगी थीं। तारीख़ें तय हो रही थीं। गहने, लिस्ट, कॉल्स। सब कुछ व्यवस्थित। पर व्यवस्थित चीज़ें हमेशा स्थिर नहीं होतीं। आरव ने नोटिस करना शुरू किया कि उसकी मंगेतर की आँखों में कभी-कभी एक सवाल ठहर जाता है। वह सामान्य बातें करती, मुस्कुराती, पर बीच-बीच में उसे देखती जैसे कुछ जाँच रही हो। एक शाम उसने अचानक पूछा, "तुम खुश हो?" आरव ने बिना सोचे कहा "हाँ।" लेकिन जवाब देते ही उसे भीतर हल्की-सी खाली जगह महसूस हुई। "पूरी तरह?" उसने फिर पूछा। आरव ने इस बार देर की। वह समझ नहीं पाया कि यह सवाल उससे है या उसके अतीत से। कुछ दिन बाद, उसने फोन टेबल पर छोड़ दिया। स्क्रीन जली। मीरा का पुराना चैट ऊपर आया — unread नहीं, बस pinned memory की तरह। उसकी मंगेतर ने कुछ नहीं कहा। बस शांत होकर बोली "तुम मुझे चुन रहे हो... लेकिन तुम किसी और को छोड़ नहीं पाए हो, है ना?" कमरे में पहली बार सन्नाटा सच जैसा लगा। आरव ने तुरंत इंकार नहीं किया। और शायद वही उत्तर था। वह रात लंबी थी। बहस नहीं हुई। कोई नाटक नहीं। बस दो लोग थे, जो समझ रहे थे कि आधा सच, पूरा रिश्ता नहीं बना सकता। अगले हफ्ते सगाई औपचारिक रूप से टल गई। कारण बाहर की दुनिया को "व्यक्तिगत" बताया गया। पर असल कारण था , अनुपस्थित भावनाएँ। आरव पहली बार पूरी तरह अकेला बैठा था।

कोई तैयारी नहीं। कोई शोर नहीं। और अब, कोई बहाना भी नहीं। उसे पहली बार साफ़ दिखा "उसने मीरा को इसलिए नहीं खोया क्योंकि उसने किसी और को चुना। उसने मीरा को इसलिए खोया क्योंकि उसने सच से भागना चुना।" अब उसके पास रास्ता साफ़ था। कोई सगाई नहीं। कोई रुकावट नहीं। बस एक सवाल, क्या अब भी देर हो चुकी है?

20

आख़िरी बातचीत

मीरा ने मिलने के लिए वही जगह चुनी जहाँ कभी वे बिना किसी कारण घंटों बैठे रहते थे। वही कैफ़े, वही खिड़की के पास की मेज़। फर्क बस इतना था कि इस बार इंतज़ार में उत्साह नहीं था।

आरव पहले से बैठा था। वह उठा नहीं। बस खड़ा होने की कोशिश की और फिर बैठ गया जैसे उसे खुद समझ नहीं आ रहा हो कि औपचारिकता कितनी निभानी चाहिए।

कुछ सेकंड दोनों ने सिर्फ़ एक-दूसरे को देखा। वक्त ने दोनों के चेहरों पर बहुत हल्के, पर साफ़ निशान छोड़ दिए थे। "कैसी हो?" साधारण सवाल। भारी आवाज़। "ठीक हूँ," मीरा ने कहा। "तुम?" "ठीक नहीं," उसने पहली बार बिना बचाव के कहा। यह स्वीकारोक्ति धीमी थी, लेकिन सच्ची। कुछ देर तक कपों से उठती भाप ही बोलती रही। "मैंने बहुत सोचा," आरव ने शुरू किया। "मैंने गलती की। मैं डर गया था। मुझे लगा था... चीज़ें अपने-आप संभल जाएँगी।" मीरा ने उसकी बात बीच में नहीं काटी। पहले वह हर वाक्य का जवाब देती थी। आज वह सुन रही थी। "मैंने तुम्हें हल्के में नहीं लिया था," उसने आगे कहा, "मैं बस... तुम्हारी मौजूदगी को तय मान बैठा था।" मीरा की आँखें पहली बार हल्की भीगीं। यही तो सबसे बड़ा अपराध था किसी को तय मान लेना। "तुमने मुझे खोया कब, पता है?" उसने धीरे से पूछा। आरव चुप रहा। "जब तुम्हें सच बोलने से ज़्यादा मुझे खोने का डर होना चाहिए

था।" वह कुछ कहना चाहता था, पर शब्द व्यवस्थित नहीं हो पा रहे थे। "मैं तुम्हें वापस चाहता हूँ," उसने अंततः कहा। आवाज़ स्थिर थी, विनती भरी नहीं। "इस बार साफ़ तरीके से। बिना झूठ के।" मीरा ने उसकी आँखों में देखा। वह वही लड़का था थोड़ा समझदार, थोड़ा पछताया हुआ। पर वही। उसके भीतर बहुत कुछ हिला। पाँच साल बाद जो दूरी बनने वाली थी, उसका बीज शायद इसी पल बोया जा रहा था। "तुम मुझे अभी चाहते हो," उसने कहा। "लेकिन मैं अब वही नहीं हूँ।" "तो?" आरव ने पूछा। मीरा ने लंबी साँस ली। "तो यह कि मुझे तुम्हारे लौटने का इंतज़ार नहीं था। मुझे खुद से मिलने का इंतज़ार था।"

दोनों के बीच सन्नाटा बैठ गया। यह झगड़े वाला सन्नाटा नहीं था। यह स्वीकार का सन्नाटा था। "क्या बिल्कुल कोई संभावना नहीं है?" उसने आख़िरी बार पूछा। मीरा ने सीधा जवाब नहीं दिया। बस इतना कहा- "संभावनाएँ वहीं बचती हैं जहाँ भरोसा बचा हो।" वह उठी। कुर्सी धीरे से पीछे खिसकी। "मैं शहर छोड़ रही हूँ," उसने जाते-जाते कहा। "कुछ समय के लिए।" आरव ने पहली बार सच में घबराहट महसूस की। "क्यों?" "क्योंकि कुछ जगहों पर रहकर आगे नहीं बढ़ा जाता।" वह चली गई। बिना पीछे मुड़े। आरव ने उसे जाते देखा। उसे पहली बार लगा , यह अलविदा अस्थायी नहीं है। मीरा उठ चुकी थी, लेकिन अभी दरवाज़े तक नहीं पहुँची थी। आरव ने उसे रोका नहीं। उसने सिर्फ़ इतना कहा—"रुको।" वह रुकी। मुड़ी नहीं। "अगर मैं पहले सच बोल देता... तो?" उसकी आवाज़ में पछतावा था, पर विनती नहीं। मीरा ने कुछ सेकंड लिए। फिर बहुत सपाट स्वर में बोली "तो शायद मैं तुम्हें माफ़ कर देती। लेकिन भरोसा फिर भी वैसा नहीं रहता।" वह मुड़ी। उसकी आँखें स्थिर थीं। न आँसू, न गुस्सा। "गलतियाँ माफ़ की जा सकती हैं, आरव। लेकिन छुपाया गया सच... रिश्ता बदल देता है।"

आरव पहली बार पूरी तरह चुप था। उसके पास तर्क नहीं बचे थे। "मैंने तुम्हें प्यार किया था," उसने धीमे से कहा। मीरा ने सिर हिलाया। "हाँ। किया था।" वाक्य में 'था' सबसे भारी था। कुछ रिश्ते खत्म शोर से नहीं होते। वे बस काल बदल लेते हैं। "तुम खुश रहना," उसने अंत में कहा। यह औपचारिक आशीर्वाद नहीं था। यह एक साफ़ रेखा थी। मीरा

बाहर चली गई। दरवाज़ा बंद हुआ, पर आवाज़ नहीं हुई।

आरव वहीं बैठा रहा। उसे पहली बार समझ आया किसी को खोना अचानक नहीं होता। वह धीरे-धीरे तय होता है, और एक दिन बस स्वीकार हो जाता है। उसे लगा था, वह आज उसे वापस ले जाएगा। उसे यह नहीं पता था , आज वह आख़िरी बार उसे देख रहा था।

21

पाँच साल बाद।

एयरपोर्ट भीड़ से भरा हुआ था। लोग भाग रहे थे, सामान खींच रहे थे, अनाउंसमेंट्स हवा में तैर रहे थे। आरव की नज़र अचानक एक परिचित आकृति पर जाकर अटक गई।

मीरा !!

वह कुछ कदम दूर खड़ी थी। साधारण-सी साड़ी, माथे पर सिंदूर। उसके साथ दो छोटी लड़कियाँ थीं एक ट्रॉली पकड़े, दूसरी उसका हाथ थामे। समय कुछ सेकंड के लिए रुक गया। फिर उसके भीतर कुछ तेज़ उठा। दर्द नहीं। गुस्सा। वह सीधा उसके सामने जाकर खड़ा हो गया।

"मीरा?"

वह मुड़ी। चेहरा शांत। जैसे उसे किसी स्पष्टीकरण की ज़रूरत नहीं। "आरव," उसने बस इतना कहा। उसकी नज़र बच्चों पर गई। फिर उसके सिंदूर पर। "तो ये सब... पहले से था?" आवाज़ नियंत्रित थी, पर धार छुपी नहीं। मीरा ने उसे कुछ क्षण देखा। न हैरानी, न अपराधबोध। "नहीं," उसने छोटा-सा उत्तर दिया। "फिर?" अब सवाल में हल्की तल्ख़ी थी। मीरा ने जवाब देने में देर की। छोटी बच्ची ने उसका हाथ खींचा , "माँ, चलो।" आरव का चेहरा सख़्त हो गया।

माँ!!

उसके भीतर पुराने पाँच साल अचानक बिखर गए। "तुमने कभी बताया नहीं," वह बोला। "या शायद बताना ज़रूरी नहीं समझा।" मीरा

की आँखों में पहली बार हल्की थकान चमकी। पर आवाज़ स्थिर रही , "हर बात बताना ज़रूरी नहीं होता, आरव।" वाक्य साधारण था। पर असर गहरा। कुछ सेकंड दोनों के बीच वही अनकही बातें खड़ी रहीं। "तुम खुश हो?" उसने लगभग चुनौती की तरह पूछा। मीरा ने सीधा उत्तर नहीं दिया। बस कहा - "मैं ठीक हूँ।" यह 'ठीक' अलग था। पाँच साल पहले वाले 'ठीक' से अलग।

बोर्डिंग अनाउंसमेंट हुआ। मीरा ने बच्चियों का हाथ थामा।

जाने से पहले उसने बस् इतना कहा , "ज़िंदगी हर बार वैसी नहीं होती जैसी हम सोचते हैं।" वह चली गई। आरव वहीं खड़ा रह गया। उसके भीतर एक नया शक जन्म ले चुका था , क्या वह सच में उसे जानता था? या वह सिर्फ़ अपनी कहानी में उसे फिट करता रहा? और पहली बार, उसे गुस्से से ज़्यादा असमंजस महसूस हुआ।

22

सवाल

एयरपोर्ट से लौटते समय आरव के भीतर गुस्सा ठंडा नहीं हुआ था। वह बस दिशा बदल चुका था। उसे यकीन था , कुछ छुपाया गया है और उससे ज़्यादा उसे यह चुभ रहा था कि शायद वह कभी पूरी कहानी का हिस्सा था ही नहीं। उसने खुद को समझाया "शायद वह पहले से किसी और के साथ थी।" शायद मैं बस एक अध्याय था। शायद उसने सच नहीं बताया। "हर बात बताना ज़रूरी नहीं होता।" मीरा का वाक्य बार-बार उसके दिमाग में लौट रहा था। वह रात उसने सोने की कोशिश की, लेकिन नींद बार-बार टूटती रही।

सिंदूर।

बच्चियों का "माँ" कहना।

उसकी शांत आँखें।

सब कुछ असामान्य रूप से संतुलित था और वही असंतुलित कर रहा था। अगले दिन उसने पहली बार उसका नाम सोशल मीडिया पर खोजा। प्रोफ़ाइल प्राइवेट थी। डिस्प्ले तस्वीर में वही दो बच्चियाँ थीं। कैप्शन साधारण था "घर।"

उसे यह शब्द चुभ गया। उसने पुराने साझा मित्रों से casually पूछना शुरू किया, "मीरा से बात होती है?" "कहाँ है आजकल?" जवाब सामान्य थे।

"कहीं बाहर शिफ्ट हो गई थी।"

"अब वापस आई है शायद।"

"ज़्यादा मिलना नहीं होता।"

कोई स्पष्ट जानकारी नहीं। उसे पहली बार महसूस हुआ, वह पाँच साल से उसकी ज़िंदगी के बाहर था। पूरी तरह बाहर।उसके भीतर एक अजीब-सी बेचैनी बढ़ने लगी। गुस्सा धीरे-धीरे शक में बदल गया। शक जिज्ञासा में। जिज्ञासा लगभग ज़रूरत में। उसे सच चाहिए था। मीरा के लिए नहीं। अपने लिए।

क्योंकि अगर वह पहले से किसी और की थी, तो उसका पछतावा हल्का हो जाता। और अगर नहीं थी... तो उसके हाथ से जो गया था, उसका वजन और बढ़ जाता। और इंसान अक्सर सच इसलिए नहीं खोजता कि उसे जानना है, बल्कि इसलिए कि उसे खुद को सही साबित करना है। आरव ने तय किया वह यह जाने बिना नहीं रहेगा। उसे यह नहीं पता था, कि कुछ सच देर से मिलते हैं। और जब मिलते हैं, तो सिर्फ़ कहानी नहीं बदलते चरित्र भी बदल देते हैं।

23

अनुत्तरित

एयरपोर्ट वाली मुलाक़ात के बाद कई दिन तक आरव ने खुद को व्यस्त रखने की कोशिश की। मीटिंग्स। कॉल्स। डिनर। पर हर रात, जब कमरे में शोर कम हो जाता, एक ही दृश्य लौट आता- मीरा। सिंदूर। दो बच्चियाँ। "हर बात बताना ज़रूरी नहीं होता।" उसे इस वाक्य से चिढ़ होने लगी थी। उसने दोबारा उसकी प्रोफ़ाइल देखी। प्राइवेट। कोई नई तस्वीर नहीं। उसने एक पुराने कॉलेज ग्रुप को चेक किया। मीरा वहाँ सक्रिय नहीं थी। एक शाम उसने हिम्मत करके एक साझा दोस्त को कॉल किया। "मीरा से बात होती है?" उसने सहज बनने की कोशिश की। "कम," जवाब आया। "उसकी लाइफ़ काफी बदल गई।"

"कैसे?" वह casual ही लगा, पर आवाज़ थोड़ी कस गई। "बस... ज़िम्मेदारियाँ हैं अब।" ज़िम्मेदारियाँ। शब्द साधारण था। पर अर्थ अस्पष्ट। उसने आगे पूछना चाहा, पर खुद को रोक लिया। उसे अचानक डर लगा- अगर जवाब वैसा हुआ जैसा वह सोच रहा है तो?

कई दिन बीत गए।

वह बार-बार उस एयरपोर्ट के पल को दोहराता। क्या उसकी आँखों में अपराधबोध था? नहीं। क्या छुपाव था? शायद नहीं। फिर वह गुस्सा क्यों महसूस कर रहा था? एक रात उसने अपनी पुरानी चैट खोली। पाँच साल पहले की आख़िरी बातचीत। "मैं शहर छोड़ रही हूँ।" उसे याद आया : उसने कभी यह जानने की कोशिश नहीं की कि वह क्यों जा रही है। वह

बस अपने regret में उलझा रहा।

धीरे-धीरे एक असहज संभावना उसके भीतर जगह बनाने लगी , क्या कहानी वैसी नहीं थी जैसी वह मानता रहा? पर सच अभी भी अधूरा था। और अधूरा सच इंसान को चैन से नहीं रहने देता। उसने तय किया , वह जल्दबाज़ी नहीं करेगा।पर वह जानकर रहेगा। क्योंकि अब बात प्रेम की नहीं थी।बात यह थी, क्या वह कभी सच में उसे समझ पाया था?

24

अधूरा सत्य

एयरपोर्ट वाली मुलाक़ात के बाद कई दिन तक आरव सामान्य बना रहा। कम-से-कम बाहर से। ऑफिस में वह वही था। बैठकों में वही। दोस्तों के बीच वही। लेकिन रात को, जब शोर कम हो जाता, एक अजीब-सी चुभन भीतर उभर आती।

उसे गुस्सा याद आता। अपनी आवाज़ की धार। वह आरोप "तो ये सब पहले से था?" और फिर मीरा का सीधा, बिना डगमगाया हुआ उत्तर- "नहीं।"

वह 'नहीं' उसे चैन से नहीं रहने दे रहा था। अगर वह झूठ बोल रही होती, तो क्या उसकी आँखों में इतनी स्थिरता होती?

क्या उसकी आवाज़ इतनी सपाट होती?

क्या वह बिना एक शब्द और जोड़े मुड़ जाती?

आरव को पहली बार लगा , शायद वह उस दिन उसे सुन ही नहीं रहा था। वह सिर्फ़ अपना गुस्सा सुन रहा था। उसे बच्ची का "माँ" कहना याद आया। उस शब्द में अपनापन था। अभ्यास नहीं। अगर यह कोई छुपी हुई कहानी होती, तो उसमें थोड़ी हड़बड़ाहट होती।

थोड़ा बचाव।

थोड़ी बेचैनी।

पर मीरा में कुछ भी नहीं था। वह शांत थी। और यही शांति उसे बेचैन कर रही थी। उसे अचानक याद आया, पाँच साल पहले जब वह उससे

मिला था, उसने कहा था “मैं शहर छोड़ रही हूँ।” उसने पूछा तक नहीं था , क्यों? वह अपनी ही अपराधबोध में डूबा रहा। अपनी ही कहानी में। शायद उसने हमेशा यही किया था , आधा जाना, पूरा मान लिया। उस रात वह पहली बार आईने के सामने खड़ा हुआ और खुद से एक असहज सवाल पूछा “क्या मैं सच में उससे नाराज़ था?”

या इस बात से कि उसने मुझे अपनी कहानी का केंद्र मानना बंद कर दिया? उसका गुस्सा धीरे-धीरे पिघल रहा था। और उसके नीचे जो बच रहा था... वह पछतावा नहीं था।

वह डर था। डर कि शायद उसने उसे गलत समझा। और अगर ऐसा है तो उसने सिर्फ़ प्रेम नहीं खोया था। उसने एक इंसान को गलत पढ़ा था। और कभी-कभी गलत पढ़ी हुई कहानी सही कहानी से ज़्यादा देर तक सताती है। उसने फोन उठाया।

न कॉल किया।

न मैसेज।

बस स्क्रीन देखता रहा।

उसे पहली बार महसूस हुआ शायद सच बाहर नहीं, उसके अपने निष्कर्षों में छिपा है। और सच से ज़्यादा डरावना

कभी-कभीअपनी जल्दबाज़ी से सामना करना होता है।

25

दो दिशाएँ

(१) आरव

आरव ने कई दिनों तक खुद को समझाया कि उसे फर्क नहीं पड़ता। पर फर्क पड़ रहा था।

उसे एयरपोर्ट का वह आख़िरी दृश्य बार-बार याद आता-

मीरा का बिना सफ़ाई दिए मुड़ जाना। पहले वह सोचता था , वह उसे छोड़ गई। अब उसे लगने लगा था , शायद उसने कभी रोका ही नहीं। उसे पाँच साल पहले का अपना चेहरा याद आया।

Confession. Regret.

और फिर उसका जवाब "संभावनाएँ वहीं बचती हैं जहाँ भरोसा बचा हो।" उसने तब यह वाक्य सुना था। अब समझ रहा था। अगर उसने सच में उसके भरोसे को तोड़ा था, तो क्या उसे हक था यह जानने का कि वह अब किसके साथ है? गुस्सा कम हो रहा था। पर खालीपन बढ़ रहा था। और खालीपन में इंसान अक्सर वही देखता है जिससे वह भागता रहा हो।

उसे पहली बार लगा- शायद मीरा की ज़िंदगी में जो हुआ, वह उसकी कहानी से बड़ा था। और यह संभावना उसके लिए सबसे अस्थिर करने वाली थी।

(२) मीरा

एयरपोर्ट से लौटते समय मीरा ने पीछे मुड़कर नहीं देखा था। पर उसने महसूस किया था उसकी नज़र अब भी उस पर थी। रात को जब बच्चियाँ सो गईं, वह कुछ देर तक खिड़की के पास खड़ी रही। पाँच साल पहले की वह मुलाक़ात उसे याद आई। कैफ़े। उसका कहना "मैं शहर छोड़ रही हूँ।" उसने तब भी सब नहीं बताया था। कुछ फैसले समझाए नहीं जाते। बस निभाए जाते हैं।

उसने अपनी उँगलियों को देखा। अब उनमें किसी प्रेम का दावा नहीं था बस जिम्मेदारी की आदत थी। क्या उसने सही किया था? यह सवाल वह खुद से पूछती थी। हर रात नहीं। पर कभी-कभी। आरव को एयरपोर्ट पर देखकर

उसके भीतर कोई पुराना हिस्सा हल्का-सा हिला था। पर टूटकर बाहर नहीं आया। क्योंकि अब उसके पास रोने की विलासिता नहीं थी। उसने आईने में खुद को देखा।

वह वही थी पर अब वह सिर्फ़ अपनी नहीं थी। और शायद यही अंतर था। कुछ प्रेम कहानियाँ अधूरी नहीं होतीं। वे बस जीवन के सामने छोटी पड़ जाती हैं।

26

घर

(१) आरव

आरव ने तय कर लिया था कि वह सीधे सवाल नहीं पूछेगा। सवाल अक्सर सच नहीं देते सिर्फ़ उत्तर दे देते हैं। और उसे उत्तर नहीं, सच्चाई चाहिए थी। उसने पुराने संपर्कों को खंगालना बंद कर दिया। अब वह सिर्फ़ यादों को देख रहा था। उसे बहन की शादी याद आई। एक बड़ी-सी हँसी, हल्दी लगे हाथ, और एक छोटी-सी बच्ची जो मीरा की गोद में चिपकी रहती थी। वह बच्ची... वही उम्र। दिल में हल्की-सी हलचल हुई।

अगर... वह वाक्य पूरा नहीं हुआ। उसने पहली बार खुद से यह स्वीकार किया अगर कहानी वैसी नहीं है जैसी उसने मान ली है, तो वह पाँच साल तक गलत आदमी बना रहा। यह अहसास किसी भी पछतावे से भारी था। उसने फोन उठाया। मीरा को नहीं। अपने भीतर के उस डर को कॉल करने के लिए। पर शब्द नहीं मिले। उसे पहली बार समझ आया-सच के करीब जाना हमेशा राहत नहीं देता। कभी-कभी वह आपको छोटा कर देता है।

(२) मीरा

शाम ढल रही थी। घर में हल्की-सी हलचल थी। ड्राइंग रूम में स्कूल बैग खुले पड़े थे। टेबल पर आधी की हुई रंग भरने की किताब। सोफे के कोने पर तह किया हुआ दुपट्टा। मीरा रसोई में खड़ी थी। गैस धीमी आँच

पर थी। पीछे से छोटी बच्ची की आवाज़ आई , "माँ, ये वाला रंग सही है?" वह बाहर आई। झुकी। बिना सोचे बच्ची के बाल पीछे किए। उस स्पर्श में अभ्यास था। अधिकार नहीं। ममता थी, घोषणा नहीं। दीवार पर एक फ्रेम था। एक पुरानी तस्वीर।

तीन लोग।

अब दो।

मीरा ने उस फ्रेम को एक क्षण देखा। फिर नज़र हटा ली। कमरे के एक कोने में एक पुरुष चुपचाप लैपटॉप बंद कर रहा था। उसने मीरा की ओर देखा-

न प्रश्न।

न दावा।

बस साझेदारी।

"कल पेरेंट-टीचर मीटिंग है," उसने सामान्य स्वर में कहा। "हाँ," मीरा ने सिर हिलाया। उनके बीच प्रेम की गर्माहट नहीं थी। पर असहजता भी नहीं थी। यह रिश्ता भावनाओं से नहीं, संतुलन से बना था। रात को जब सब सो गए, मीरा ने बालकनी का दरवाज़ा खोला। ठंडी हवा आई। एयरपोर्ट का वह क्षण लौट आया। आरव की आँखों में सवाल था। आरोप भी। क्या उसे सच बताना चाहिए था? उसने खुद से पूछा। फिर सिर हल्का-सा हिलाया। कुछ सच समय से पहले कह दिए जाएँ तो वे सफ़ाई लगते हैं। और वह अब सफ़ाई देने की उम्र पार कर चुकी थी।

(३) आरव

उसी रात, बहुत देर तक जागते हुए, आरव को अचानक एक छोटी-सी बात याद आई। एयरपोर्ट पर जब बच्ची ने "माँ" कहा था, मीरा ने उसे सुधारा नहीं था। अगर वह उस घर में नई होती, तो संबोधन में झिझक होती। पर वहाँ सहजता थी। यह विचार जैसे धीरे-धीरे भीतर उतर गया। उसने गहरी साँस ली। शायद कहानी उतनी सरल नहीं है जितनी उसने मान ली थी। और अगर ऐसा है तो सच के करीब जाना उसे और असहज करेगा। पर अब लौटना संभव नहीं था। क्योंकि शक से ज़्यादा उसे अपनी जल्दबाज़ी से डर लगने लगा था।

27

संयोग नहीं

आरव ने सीधे पूछना अब भी टाल रखा था। वह जानता था कुछ सच प्रश्नों से नहीं, समय से मिलते हैं। उस शाम वह एक पुराने परिचित के घर किसी औपचारिक निमंत्रण पर गया था। सामान्य-सी बातचीत, हल्की हँसी, चाय के कप।

मीरा का नाम उसने नहीं लिया। पर नामों की अपनी आदत होती है , वे कभी-कभी खुद आ जाते हैं। "मीरा से मिले हो हाल में?" किसी ने सहजता से पूछा। आरव का दिल हल्का-सा अटका।

"एयरपोर्ट पर संयोग से," उसने सामान्य स्वर बनाए रखा। "अच्छा है," सामने वाले ने कहा, "बहुत संभाला उसने सब कुछ... बहन के जाने के बाद।" वाक्य बहुत साधारण था। "बहुत संभाला उसने सब कुछ... बहन के जाने के बाद।"

आरव ने पहले उसे सामान्य बातचीत की तरह ही सुना। जैसे किसी ने मौसम का हाल बताया हो। पर अगला क्षण... स्थिर हो गया। बहन के जाने के बाद। उसने तारीख़ पूछी। जवाब आया "तीन साल।"

तीन साल।

उसके भीतर जैसे कोई दरवाज़ा खुला और सारी आवाज़ें एक साथ भीतर गिर पड़ीं। एयरपोर्ट। सिंदूर। बच्चियों का "माँ" कहना। उसका आरोप। मीरा का सीधा "नहीं।" वह अचानक बैठा नहीं रह पाया। उसने पानी का गिलास उठाया, पर हाथ स्थिर नहीं था। उसे पहली बार समझ

आया वह उस दिन किस पर गुस्सा कर रहा था। वह उस पर नहीं था। वह अपनी ही कहानी पर था। मीरा ने सच नहीं छुपाया था। उसने बस उसे उसका पूरा सच नहीं दिया था क्योंकि शायद वह उसके लिए उत्तरदायी नहीं थी। उसे एयरपोर्ट का वह क्षण याद आया जब उसने लगभग चुनौती की तरह पूछा था—"तो ये सब पहले से था?" और उसने बिना एक पल गंवाए कहा था "नहीं।" वह 'नहीं' अब उसके भीतर लौटकर गूँज रहा था।

साफ़।

सीधा।

अपराधबोध से मुक्त।

वह पहली बार उस दृश्य को उसकी आँखों से देखने की कोशिश करने लगा। एक औरत। जिसने अपनी बहन खोई। जिसने दो बच्चियों को थामा। जिसने एक घर को टूटने से रोका। और उसी क्षण उसके सामने खड़ा एक आदमी , जो उससे अपने अधूरे प्रेम का हिसाब माँग रहा था। आरव की साँस भारी हो गई। उसे लगा जैसे किसी ने उसके भीतर से हवा खींच ली हो। पाँच साल पहले उसने उसे खोया था। पाँच साल बाद उसने उसे गलत समझा था।

और दोनों बार वह देर से पहुँचा था।

उसे याद आया , कैफ़े में आख़िरी मुलाक़ात। उसका कहना, "संभावनाएँ वहीं बचती हैं जहाँ भरोसा बचा हो।" वह भरोसा उसने तोड़ा था। फिर एयरपोर्ट पर उसने उसे संदेह से देखा। मीरा ने तब भी सफ़ाई नहीं दी। क्योंकि शायद वह जानती थी , जो आदमी खुद को समझ नहीं पाया, उसे परिस्थिति समझाना व्यर्थ है। उस रात घर लौटते हुए आरव ने पहली बार खुद को छोटा महसूस किया। पछतावा अलग चीज़ है। यह उससे गहरा था।

यह वह एहसास था जब आदमी समझता है- उसने किसी को चोट नहीं पहुँचाई थी। उसने किसी की गरिमा पर शक किया था। वह अपने कमरे में देर तक अँधेरे में बैठा रहा। आँसू अचानक नहीं आए। वे धीरे-धीरे उतरे। जैसे स्वीकार उतरता है। उसे पहली बार समझ आया "उसने उसे इसलिए नहीं खोया कि वह किसी और की हो गई थी। उसने उसे इसलिए खोया क्योंकि वह समय पर आदमी नहीं बन पाया था।"

और यह एहसास... किसी भी विरह से भारी था।

क्योंकि अब उसके पास पछताने के लिए प्रेम नहीं था केवल अपनी जल्दबाज़ी थी।

28

दहलीज़

शाम ढल रही थी जब आरव उस गली में पहुँचा। वह पता उसे बहुत पहले से मालूम था। कभी ज़रूरत नहीं पड़ी थी आने की। आज भी वह किसी निमंत्रण पर नहीं आया था। बस अपने ही असहज मन के पीछे-पीछे चला आया था। घर साधारण था। दो मंज़िला। बालकनी में कपड़े सूख रहे थे। दरवाज़े के पास छोटे जूते रखे थे , दो जोड़ी। एक पर गुलाबी कार्टून बना था।

वह सड़क के उस पार खड़ा रहा।

उसे भीतर जाने का कोई अधिकार नहीं था। यह बात वह जानता था। फिर भी वह खड़ा रहा , जैसे पाँच साल की दूरी को आँखों से नाप लेना चाहता हो। कुछ देर बाद दरवाज़ा खुला। पहले छोटी बच्ची बाहर भागी। फिर दूसरी। उनके पीछे वही पुरुष , शांत, थका हुआ, स्थिर। उसने एक को पकड़कर गिरने से बचाया। सहजता से। अभ्यास की तरह। और फिर- मीरा।

उसने दरवाज़ा आधा खोला। बाहर आई। बाल पीछे बाँधे हुए। हाथ में पानी की बोतल। बच्चियों को पुकारा "धीरे।"

उसकी आवाज़ में वह नरमी थी जो केवल जिम्मेदारी से आती है। उसमें प्रदर्शन नहीं था। उसमें दावा नहीं था। आरव ने उसे दूर से देखा। यह वह लड़की नहीं थी जो कैफ़े की खिड़की के पास बैठकर भविष्य की बातें करती थी।

यह एक औरत थी जिसने जीवन के बीच खड़े होकर निर्णय लिया था। उसे अचानक एयरपोर्ट का अपना चेहरा याद आया।

आरोप। कठोरता। अधूरा सच।

उसका गला भर आया। वह आगे बढ़ सकता था। नाम पुकार सकता था। पर उसने नहीं किया।

क्योंकि पहली बार उसे समझ आया कुछ दहलीज़ें पार करने के लिए नहीं होतीं। वे सिर्फ़ यह याद दिलाने के लिए होती हैं कि आप अब बाहर हैं।

घर के भीतर हँसी की आवाज़ आई।

मीरा ने पल भर को आसमान की तरफ़ देखा,जैसे थकान को थोड़ी देर हवा में छोड़ रही हो। उस क्षण आरव ने समझ लिया , उसकी कहानी अब उससे बड़ी है। और शायद प्रेम का सबसे कठिन रूप यही होता है जब आप स्वीकार कर लेते हैं कि आप उस जीवन का हिस्सा नहीं रहे। वह बिना आवाज़ किए मुड़ गया। उसके कदम भारी नहीं थे। बस धीमे थे। क्योंकि इस बार वह भाग नहीं रहा था। वह मान रहा था।

29

जो छूट गया

कैफ़े वही था। पर इस बार हवा में अजीब-सी संकोच की गंध थी। आरव बैठा, पर कुर्सी पूरी तरह खींची नहीं। जैसे अभी भी तय नहीं किया कि ठहरेगा या चला जाएगा। मीरा ने उसकी ओर देखा। “तुमने बुलाया था,” उसने सीधा कहा। “हाँ,” उसने सिर हिलाया। “क्योंकि मैं अब अंदाज़ों में नहीं जीना चाहता।”

“तो पूछो,” उसने शांत स्वर में कहा। यह सीधा निमंत्रण था। बचाव नहीं। आरव ने पहली बार बिना घुमाए कहा, “तुम्हारी बहन के जाने के बाद... तुमने शादी की।”

“हाँ।”

“जिम्मेदारी में?”

“हाँ।”

“प्रेम में नहीं?” मीरा ने उसे देखा। कुछ सेकंड तक। “हर विवाह प्रेम से शुरू नहीं होता,” उसने धीरे से कहा। “कुछ जीवन से शुरू होते हैं।”

वह चुप रहा।

“और एयरपोर्ट पर...” उसकी आवाज़ भारी हो गई। “मैंने तुम्हें जिस तरह देखा...”

“तुम्हें लगा मैं झूठ बोल रही हूँ,” उसने बात पूरी की।

“मुझे लगा मैं फिर मूर्ख बन रहा हूँ,” उसने स्वीकार किया। “मुझे लगा तुमने मुझे कभी पूरा सच नहीं बताया।”

मीरा की उँगलियाँ कप के किनारे पर ठहरीं।

"तुम्हें कब लगा था कि तुम मेरे पूरे सच के अधिकारी हो?" उसने पूछा। यह वाक्य सीधा था। कठोर नहीं। पर नंगा। आरव ने पहली बार नज़रें झुका लीं। "मैंने तुम्हें खोया," उसने कहा। "नहीं," मीरा ने शांत स्वर में कहा। "तुमने मुझे छोड़ा था।" यह अंतर उसने कभी इतने स्पष्ट रूप से नहीं सुना था। "मैं लौटा था," उसने लगभग तर्क की तरह कहा।

"हाँ," उसने सिर हिलाया। "जब मैं शोक में थी।" कमरे की हवा भारी हो गई।

"तुम्हें क्या लगता है?" उसने धीरे से पूछा। "मैं उस समय किससे लड़ रही थी? तुम्हारे साथ भविष्य से? या घर में दो बच्चियों के रोने से?"

आरव का गला सूख गया।

"तुमने मुझे बताया क्यों नहीं?" उसने फिर वही प्रश्न दोहराया।

मीरा ने इस बार सीधा उत्तर दिया - "क्योंकि मैं तुम्हें वापस लाने के लिए दुख का उपयोग नहीं करना चाहती थी।" वह वाक्य उसे भीतर तक लगा।

"अगर तुम उस दिन एयरपोर्ट पर नरम पड़ जातीं..." उसने कहा, "शायद मैं..."

"तुम क्या?" उसने बीच में पूछा। "मुझे वापस ले आते? मेरे निर्णय बदल देते? या अपने अपराधबोध को हल्का कर लेते?"

वह चुप रहा। यह लड़ाई नहीं थी। यह आईना था। कुछ देर बाद उसने बहुत धीरे कहा- "मैंने तुम्हें गलत समझा।" "हाँ," उसने स्वीकार किया। "और खुद को भी।" उनके बीच कुछ अधूरा नहीं था। सिर्फ़ देर थी। वह खड़ा हुआ। "क्या कभी...?" उसने वाक्य अधूरा छोड़ा। मीरा ने सिर हिलाया। "नहीं," उसने कहा। "अब जो है, वह साफ़ है। और मैं उसे धुंधला नहीं करना चाहती।"

वे आमने-सामने खड़े थे। इतने पास कि पुरानी यादें साँस ले सकती थीं। पर बीच में अदृश्य रेखा थी। मीरा ने हल्का-सा पीछे कदम लिया। यह छोटा-सा कदम ही अंतिम उत्तर था। "ख़याल रखना," उसने कहा। "तुम भी," उसने उत्तर दिया। वह चली गई।

आरव वहीं खड़ा रहा। पहली बार उसने स्वीकार किया- वह प्रेम में नहीं हारा था। वह समय से हारा था। और समय कभी वापस नहीं आता।

30

जो समय से बाहर रह गया

(१) आरव

कैफ़े की कुर्सी से उठते हुए आरव ने महसूस किया कि उसका शरीर हल्का नहीं हुआ है। सिर्फ़ साफ़ हुआ है। कुछ रिश्ते टूटते नहीं। वे धीरे-धीरे अपनी जगह बदल लेते हैं-दिल से स्मृति में। उसे याद आया जब पहली बार मीरा ने उससे पूछा था, “तुम सच बोलते हो न?” उसने हँसकर कहा था—“ज़रूरत पड़ी तो।” ज़रूरत कभी उसे पड़ी ही नहीं। और जब पड़ी तब देर हो चुकी थी। उसने उस मेज़ पर हाथ रखा। लकड़ी ठंडी थी। उसे अचानक एहसास हुआ वह उसे वापस नहीं चाहता था। वह चाहता था कि कहानी अलग होती। पर जीवन कहानियों से नहीं चलता। निर्णयों से चलता है। और उसने हर महत्वपूर्ण मोड़ पर निर्णय टाल दिया था। उसने दरवाज़ा खोला। ठंडी हवा चेहरे से टकराई।

इस बार उसने पीछे मुड़कर नहीं देखा। क्योंकि कुछ दृश्य बार-बार देखने से हल्के नहीं होते।

और वह अब उन्हें हल्का नहीं करना चाहता था।वह चला गया।

उसके भीतर एक स्वीकार था- देर से समझा गया प्रेम क्षमा नहीं माँगता, बस चुपचाप साथ चलना बंद कर देता है।

(२) मीरा

मीरा सड़क पार कर चुकी थी। कैफ़े की रोशनी अब पीछे थी।वह जानती थी—अगर वह मुड़कर देखेगी तो यादें नरम हो जाएँगी। और वह उन्हें नरम नहीं करना चाहती थी। क्योंकि वे जितनी थीं, उतनी ही सच थीं। उसे याद आया

कितनी रातें उसने इंतज़ार में काटी थीं। कितनी बार उसने अपने ही मन को समझाया था कि "बाद में" भी समय होता है। फिर एक दिन उसने इंतज़ार करना बंद कर दिया। और उसी दिन वह बदल गई। उसने अपने कदम तेज़ नहीं किए। धीरे-धीरे चलती रही। उसके भीतर अब कोई तूफ़ान नहीं था।

न अधूरापन।

न विजय।

सिर्फ़ यह शांति कि उसने किसी को धोखा नहीं दिया।

न प्रेम को।

न निर्णय को।

कुछ रिश्ते जीवन में इसलिए आते हैं कि वे पूरे हों।कुछ इसलिए कि वे हमें पूरा कर जाएँ। आरव उसके जीवन का अंत नहीं था। वह उसका परिवर्तन था। और परिवर्तन हमेशा साथ नहीं चलता। वह भीड़ में खो गई।

सामान्य।

स्थिर।

दृढ़। वही जगह थी।वही लोग थे। बस समय बदल चुका था। और समय के साथ जो प्रेम नहीं चल पाता वह मरता नहीं, बस स्मृति बनकर जीवित रहता है। इतना जीवित कि कभी-कभी हम पूरी ज़िंदगी उसके बाद भी जी लेते हैं।

आरव की डायरी

अनकहा अलविदा !!

22 जून 2024

रात के 2 :17 बजे...

कमरे के सन्नाटे में घड़ी की सुइयों का टिक-टिक करना आज हमेशा से ज़्यादा भारी महसूस हो रहा है। सालों पहले, इसी समय पर मीरा के नाम का नोटिफिकेशन स्क्रीन पर चमकता था और दिल की धड़कनें एक अजीब से सुकून से भर जाती थीं। लेकिन आज, जब उसी 2:17 AM पर हाथ में कलम है, तो भीतर कोई हड़बड़ाहट नहीं है बस एक सपाट, ठंडी और पथराई हुई शांति है। इतने सालों तक मुझे नींद आने से पहले अपने दिमाग को विचारों के मलबे से थकाना पड़ता था, ताकि उस शोर को दबा सकूँ जो मीरा को न समझ पाने के अफ़सोस से पैदा होता था। पर आज वो शोर हमेशा के लिए सो गया है।

आज उसी कैफ़े की खिड़की के पास वाली मेज़ पर बैठकर, जहाँ कभी हम बिना वजह घंटों बिता दिया करते थे, मुझे एहसास हुआ कि कुछ चीज़ें समय के दायरे से बाहर छूटकर ही अपनी पवित्रता बचा पाती हैं।

लकड़ी की उस ठंडी सतह को छूते हुए मुझे अपनी पूरी ज़िंदगी एक ढोंग की तरह महसूस हुई। मैं हमेशा भागता रहा ज़िम्मेदारी उठाने से, जज़्बातों को एक साफ़ नाम देने से, और उस गंभीरता से जो एक सच्चे रिश्ते की बुनियादी शर्त होती है। मुझे लगता था कि चीज़ों को सतही और 'हल्का' रखना ही उन्हें महफ़ूज़ रखने का तरीका है, पर आज समझ आया कि यह हल्कापन दरअसल मेरी बुज़दिली का मुखौटा था। जब आप किसी ठहराव को बहुत लंबे समय तक टालते हैं, तो वह एक ऐसा स्थायी खालीपन बन जाता है जिसके अकेलेपन को दुनिया की कोई भी भीड़ नहीं भर सकती।

जब मीरा ने आज अपनी स्थिर, शांत आँखों से सीधे मेरी रूह में झाँकते हुए पूछा- "तुम्हें कब लगा था कि तुम मेरे पूरे सच के अधिकारी

हो?" तो मेरे अंदर के सारे खोखले तर्क एक पल में ढह गए। वह सवाल कोई शिकवा नहीं था, वह एक नंगा आईना था जिसमें मुझे अपना बौनापन साफ़ दिखाई दे रहा था। मैं पाँच सालों तक खुद को एक पीड़ित (victim) की तरह देखता रहा, अपने अहम और गुस्से को इस झूठी कहानी के पीछे छिपाता रहा कि मीरा ने मुझसे इतनी बड़ी बात छिपाई, उसने धोखा दिया। कितना आत्मकेन्द्रित था मैं, जो अपनी ही बनाई दुनिया का केंद्र उसे मानता रहा, जबकि उसका सच मेरी सोच से कहीं बड़ा और गरिमापूर्ण था। जब वह अपनी बहन को खोने के गहरे शोक में डूबी थी, जब उस पर दो मासूम बच्चियों को संभालने और बिखरते हुए घर को थामने का पहाड़ जैसा बोझ था, तब मैं वहाँ उसके आँसू पोंछने के लिए नहीं खड़ा था।

मैं तो सिर्फ़ अपने भीतर के अपराधबोध को कम करने के लिए, अपने अधूरे प्रेम का हिसाब माँगने की ज़िद लेकर एयरपोर्ट पर उसके सामने खड़ा था। उसने उस दिन भी कोई ड्रामा नहीं किया था, और आज भी उसकी आवाज़ में कोई कड़वाहट नहीं थी। उसकी आँखों से बहने वाला वो एक कतरा आंसू और उसका चुपचाप अपनी कुर्सी छोड़कर एक कदम पीछे हट जाना ही मेरा अंतिम और मुकम्मल न्याय था। उसने आज बिना चिल्लाए, बहुत ठहरकर मुझे समझा दिया कि जो सच छिपाया जाता है, वह सिर्फ़ एक बात नहीं छुपाता, वह पूरे रिश्ते की तासीर को हमेशा के लिए बदल देता है।

मैं आज यह बात पूरी ईमानदारी से स्वीकार करता हूँ कि मैं प्रेम में नहीं हारा, मैं समय से हार गया हूँ। और सच तो यह है कि मैं उस समय से हारा हूँ जिसे मैंने खुद अपनी लापरवाही, अपनी सहूलियत और अपने डर की वजह से रेत की तरह उँगलियों से बह जाने दिया था। आज जब वह कैफ़े के भारी दरवाज़े को धकेलकर बाहर सड़क की भीड़ में शामिल हुई, तो मेरे पैर उसे रोकने के लिए नहीं उठे, मेरा गला उसका नाम पुकारने के लिए नहीं खुला।

इसलिए नहीं कि मेरा प्यार मर चुका था, बल्कि इसलिए क्योंकि पहली बार मुझे प्रेम का सबसे परिपक्व और सबसे कठिन रूप समझ में आया , स्वीकार कर लेना कि आप अब उस जीवन का हिस्सा रहने की

पात्रता खो चुके हैं। उसे जाते हुए देखना ऐसा था जैसे अपनी ज़िंदगी के सबसे ख़ूबसूरत अध्याय पर खुद अपने हाथों से पूर्णविराम लगा देना। वह भीड़ में ओझल हो गई , बिल्कुल सामान्य, स्थिर और दृढ़, जैसी उसे इस बेरहम वक़्त ने बना दिया था।

और मैं वहीं अकेला बैठा रहा, एक ऐसे अजीब से सुकून के साथ जो सिर्फ़ सब कुछ खो देने के बाद ही नसीब होता है। कम से कम आज मैं खुद से झूठ नहीं बोलूँगा, किसी 'शायद' के सहारे नहीं जीऊँगा। हम गलत नहीं थे मीरा, बस हमारा समय गलत था, और देर से जागने वाली आँखें माफ़ी नहीं माँगतीं, वो बस चुपचाप साथ चलना बंद कर देती हैं। अब जो है, वो बिल्कुल साफ़ है, धुंध हट चुकी है और इस कड़वे सच के साथ जीना ही अब मेरी नियति है।

-आरव

www.ingramcontent.com/pod-product-compliance
Lightning Source LLC
LaVergne TN
LVHW090425210926
848480LV00002B/691
* 9 7 9 8 9 0 5 4 0 7 4 3 7 *